LES AILES DE LA SYLPHIDE

Collection animée par Soazig Le Bail,
assistée de Claire Beltier.

ISBN 978-2-36474-313-7

Loi n° 49-956 du 16 juillet 1949 sur les publications destinées à la jeunesse
Maquette : Bärbel Müllbacher

Pascale Maret

LES AILES DE LA SYLPHIDE

ROMAN

**Illustration de couverture
de Atsuko Ishii**

EDITIONS
THIERRY
MAGNIER

Après avoir enseigné la littérature française dans plusieurs pays lointains, Pascale Maret se consacre désormais à l'écriture. Les histoires qu'elle imagine font une large place à l'aventure et s'inspirent le plus souvent des lieux où elle a vécu et voyagé.

Clones en stock, éd. Milan, 2001, 2008.
Esclave !, éd. Milan, 2003, 2007.
Sur l'Orénoque, éd. Thierry Magnier, 2005.
Une année douce-amère, éd. Thierry Magnier, 2006.
À vos risques et périls, éd. Thierry Magnier, 2007. (Prix Trégor Ados 2008, Bretagne ; Prix de la Citoyenneté 2010, Angers ; Prix Lire@Sénart 2010 ; « Ado d'or » du magazine *Ados-livres*)
Le monde attend derrière la porte, éd. Thierry Magnier, 2009. (Prix des Incorruptibles 2011 ; prix Aficion'ados 2011, Mont-de-Marsan (40) ; prix des collégiens du Territoire de Belfort (90) 2011 ; Prix Jacaranda au Maroc 2011)
Zone tribale, éd. Thierry Magnier, 2010.
Vert jade, rouge sang, éd. Thierry Magnier, 2011. (Prix de la Nouvelle revue pédagogique 2012)
L'Oiseau arlequin, ill. Delphine Jacquot, éd. Thierry Magnier, 2011. (Prix des Incorruptibles 2013)
L'Encrier maudit, éd. Oskar, 2011. (Prix « Graines de lecteurs »)
La Véritable Histoire d'Harrison Travis, hors-la-loi, racontée par lui-même, éd. Thierry Magnier, 2012. (Prix « Archi-stylé » de la librairie Honoré 2013)

Pour celles et ceux qui ont un jour rêvé
de danser leur vie

1

Ça faisait trois jours que j'étais sur ce lit d'hôpital.

Trois jours que je refusais absolument les visites, même celles de mes parents.

Trois jours que je restais obstinément muette face aux médecins et aux psychologues.

Trois jours que j'essayais de remettre de l'ordre dans ma tête et de comprendre ce qui m'était arrivé ces derniers mois.

Trois jours que je reconstruisais mon histoire, jusque dans ses moindres détails.

Alors quand le médecin est venu me dire que des policiers aimeraient me voir, j'étais prête.

Ils étaient deux, un homme et une femme. L'homme avait dans les quarante-cinq ans, un grand type costaud, un peu dégarni, avec une bonne tête. Il me faisait penser à mon père, et ça m'a mise à l'aise. La femme était plus jeune, aussi grande que lui mais maigre, avec un visage osseux, des pommettes hautes, un grand nez, une grande bouche, mais finalement plutôt agréable à regarder. Ils ne m'ont pas paru inquiétants.

– Voilà, a dit l'homme. On sait que tu n'as voulu raconter à personne ce qui t'était arrivé

exactement avant qu'on te retrouve allongée toute nue au pied de cet immeuble avec quelques os cassés, mais on sait aussi que les choses ne sont pas aussi simples qu'on pourrait le penser. Il s'est passé un truc avant ta chute, tu n'étais pas seule, il y avait quelqu'un d'autre dans l'appartement, quelqu'un avec qui tu as lutté, quelqu'un qui t'a peut-être poussée…

– Nous sommes là pour t'aider, a continué la femme. Mais tu dois nous expliquer, nous dire qui était cette personne. Les médecins pensent que tu es capable de parler si tu le veux. Peux-tu faire cet effort?

J'ai hoché le menton en signe d'assentiment. Mon histoire était à présent bien au clair dans ma tête et j'allais la leur servir du début à la fin. Je leur ai dit:

– Vous feriez bien de vous asseoir, ça risque d'être un peu long.

– Pas de problème, a dit l'homme, on a tout notre temps.

J'ai ajouté:

– Je vous demande juste deux choses: d'abord je veux que le médecin sorte, ensuite vous devez promettre de ne pas m'interrompre, même si mon histoire vous paraît parfois dure à avaler.

Le médecin a quitté la pièce et les deux policiers ont promis, puis ils ont rapproché leurs fauteuils, l'air attentif.

Ils n'allaient pas être déçus.

2

La première chose qu'il faut savoir à mon sujet, c'est que je suis une enfant trouvée. Mes parents ne me l'ont jamais caché. Je n'avais que quelques jours quand ils m'ont découverte au pied d'un arbre, dans la forêt où ils se promenaient, non loin de chez eux. J'étais un bébé minuscule et très pâle, avec la peau presque translucide. C'était en hiver, le 18 février exactement, l'air était vif et je n'étais couverte que d'un tissu blanc léger, pourtant je n'avais pas l'air d'avoir souffert du froid. Mes parents n'avaient pas pu avoir d'enfants, mais ils ne se résignaient pas et ils venaient de terminer les démarches nécessaires pour avoir le droit d'adopter. Quand ils m'ont vue couchée dans la mousse, ils ont évidemment pris ça pour un signe du destin. Ça n'a pas été simple pour eux de convaincre les services sociaux, il y a eu des tas d'enquêtes et de démarches, pour faire bref disons qu'ils ont réussi et sont officiellement devenus mes parents quelque temps plus tard.

Ce sont de bons parents, je n'ai rien à leur reprocher. Ils ont leurs défauts bien sûr, comme tout le monde, et depuis que je ne suis plus une enfant il nous est arrivé assez souvent de nous accrocher. Rien de très grave. C'est juste que je me sens si différente d'eux… Ils m'adorent, je le sais, mais ils ont du mal à me comprendre. Ils sont… comment dire… trop terre à terre, ça les déconcerte, je le vois bien, que je sois aussi rêveuse et solitaire. Eux, ils sont plutôt du genre à adorer les bonnes bouffes entre amis et les soirées bruyantes, à enchaîner les activités, à parler fort, à s'agiter beaucoup. Mon père possède une entreprise de travaux publics, il connaît beaucoup de monde et ramène toujours des gens à la maison. Ça ne dérange pas ma mère, au contraire ; elle dirige la cantine de la plus grosse entreprise du coin, alors c'est une hôtesse hors pair, capable d'improviser un dîner pour dix en un clin d'œil. Tous les deux, ils aiment dire qu'ils sont « bons vivants », et je comprends que ça les inquiète d'avoir une fille comme moi, plutôt « mauvaise vivante », si je peux dire.

Ils ont toujours été très gentils, cherchant à me faire plaisir même quand mes désirs les surprenaient, et à me protéger de tout danger. J'avais les plus belles robes de princesse et de fée que je pouvais souhaiter, je disposais d'une chambre remplie de jouets que mes copines m'enviaient, j'étais inscrite à Sainte-Cécile, l'école privée la plus chic et la plus chère du coin. Et quand j'ai voulu faire de la danse classique, ma mère, après avoir pris ses renseignements, m'a aussitôt conduite à l'Académie Taglioni, le cours qui avait la meilleure réputation parmi les mères d'élèves à Sainte-Cécile.

J'avais sept ans, et cela fait maintenant dix ans que la danse est au centre de ma vie. D'où est-ce que je tenais cette envie de danser ? Il me semble que depuis toujours je rêvais d'être une de ces gracieuses silhouettes enveloppées de tulle, délicatement posées sur le bout minuscule d'un chausson de satin rose, mais je me souviens très nettement que c'est en regardant un ballet à la télévision un soir de Noël, tandis que mes parents finissaient de festoyer avec la famille, que j'ai décidé que je ne pourrais plus continuer à vivre si je ne devenais pas l'une de ces créatures merveilleuses. C'était le ballet *Giselle.* J'avais pris le programme en route, au moment du deuxième acte, quand Giselle est morte et a rejoint le monde des « Willis », c'est-à-dire les fantômes des jeunes filles tuées par un chagrin d'amour. Évidemment à l'époque je n'ai pas vraiment saisi l'histoire, ça m'a seulement coupé le souffle tellement c'était beau. Les Willis glissaient dans la clairière baignée de lune, légères et irréelles. Depuis, j'ai eu l'occasion de voir le ballet sur la scène de l'Opéra de Paris, et c'est bien autre chose, mais même à la télé, c'était magique. Dès l'émission terminée, je me suis précipitée à la salle à manger et j'ai hurlé : « Je veux changer ma commande au Père Noël, vite, vite, s'il vous plaît ! » Ça peut sembler ridicule, à sept ans je croyais encore dur comme fer au Père Noël. Quand mon père avait essayé de m'expliquer que ce n'était qu'une jolie histoire, j'avais refusé de le croire. J'étais convaincue qu'au-delà du monde visible il existait une autre réalité que seuls les plus sensibles d'entre nous pouvaient percevoir. La suite m'a prouvé que j'avais raison. Pas pour le Père Noël, malheureusement.

Pour en revenir à cette soirée, j'ai donc déclaré à mes parents que les cadeaux que j'avais commandés ne m'intéressaient plus, que je ne désirais qu'une chose, une tenue de danseuse : la longue jupe de gaze légère et ces chaussons magiques qui permettent de se hisser sur la pointe des pieds. Au début personne ne comprenait, puis quand ma mère a réussi à démêler mes propos incohérents, l'assemblée a ri de bon cœur, pour ma plus grande vexation. Mes parents m'ont expliqué que le Père Noël était déjà en route et ne pouvait plus rien changer, mais qu'ils se chargeraient, eux, d'aller acheter avec moi un tutu et des pointes. Ma tante a alors décrété :

– Il faudrait surtout l'inscrire à un bon cours de danse, si ça l'attire. C'est de toute façon excellent pour le maintien.

– Ça te plairait ? a demandé mon père.

Peu après j'ai donc débarqué au cours Taglioni. Il a fallu d'abord passer par le bureau de Mademoiselle Picot, la directrice et principal professeur de l'école. J'ai été très déçue en la voyant : cette dame d'âge mûr, un peu enrobée, n'avait absolument rien à voir avec les créatures de *Giselle*. Elle a dû remarquer mon air renfrogné car elle m'a demandé si j'étais bien sûre de vouloir suivre des cours de danse classique, parce que c'était une discipline très exigeante et que ce n'était pas la peine de commencer si je n'étais pas motivée. Ma mère lui aurait sans doute assez sèchement répliqué, si entre-temps mes yeux ne s'étaient posés sur une affiche où l'on voyait une danseuse en long tutu, comme à la télévision, une jambe à demi pliée, l'autre incroyablement levée derrière elle. J'ai crié :

– Giselle !

La dame a abandonné son air sévère pour un petit sourire :

– Non, ce n'est pas « Giselle » mais « la Sylphide », et cette position s'appelle une arabesque. Ça te plaît ?

J'ai hoché la tête avec conviction. Ensuite Mademoiselle Picot m'a fait me pencher en avant, en arrière, et m'a tordu les jambes dans tous les sens sous l'œil réprobateur de ma mère. À mon grand soulagement, cet examen a paru la satisfaire :

– Bon, elle est souple et elle est naturellement en dehors, c'est bien.

Être souple, je comprenais, mais « en dehors » ? En dehors de quoi ? J'avais l'impression d'entrer dans un monde mystérieux qui possédait son propre code, un monde « en dehors » de la réalité banale et du quotidien. Et cette dame avait vu au premier coup d'œil que moi aussi, « naturellement », j'étais « en dehors ».

J'ai tout de suite adoré les cours de danse. D'abord, il y avait les préparatifs à la maison : enfiler le collant rose, placer le justaucorps bleu ciel et les chaussons dans mon petit sac, et faire le chignon. Mon père avait commandé à Paris un tutu long et j'avais été très déçue d'apprendre que je ne pourrais pas le porter en cours. Pour me consoler, je l'enfilais dès que je rentrais de l'école et passais le plus clair de mon temps à faire bouffer les épaisseurs de tulle autour de mes jambes maigrelettes. « Tulle », le mot est aussi léger et délicat que l'étoffe qu'il désigne. Un petit mot qui ne pèse rien. Je n'ai pas eu droit non plus aux chaussons de pointe : on devait avoir au moins dix ans et deux années de cours derrière soi pour pouvoir enfiler les chaussons magiques.

J'aimais malgré tout la tenue de travail réglementaire du cours des « bleues », et les chaussons de demi-pointes étaient déjà un ravissement. Quant au chignon, bien serré dans sa résille, il était le signe indiscutable que je n'étais plus une petite fille comme les autres, mais que j'appartenais à la race des ballerines. Je supportais encore plus mal que Mademoiselle Picot la tenue négligée de certaines élèves : collant tire-bouchonné, élastique du chausson décousu et coiffure approximative, ou pire, l'attitude insouciante et dissipée des moins motivées. Je trouvais qu'elles étaient indignes d'être initiées à l'art sublime du ballet. J'étais, moi, d'un sérieux absolu et d'une application que rien ne pouvait distraire, et comme j'avais en plus des dispositions physiques, j'ai fait de rapides progrès. Très vite la danse est devenue ma préoccupation essentielle et l'école, qui ne m'avait jamais beaucoup intéressée, m'est encore davantage apparue comme une perte de temps. Les maîtresses et plus tard les professeurs pouvaient se plaindre de mon peu d'entrain, cela m'était égal, seul le jugement de Mademoiselle Picot m'importait. Je redoutais de lui déplaire et de susciter ses critiques, souvent très dures ; parce que j'étais une de ses meilleures élèves, elle était d'une exigence terrible avec moi. Je ne dirais pas qu'elle « m'aimait bien », c'était plus compliqué que cela : j'avais parfois l'impression qu'elle aurait voulu se glisser dans mon corps et, dans une certaine mesure, elle y parvenait. Mes jambes se levaient, mes bras s'allongeaient, mes pieds se tendaient pour obéir à sa volonté, elle me dictait le mouvement comme si elle avait pris possession de mes membres. Mon corps était soumis aux règles qu'elle lui imposait, il cherchait à se plier à l'image idéale qu'elle dessinait pour lui. L'esprit et le corps se livrent une lutte continuelle et impitoyable pour savoir lequel dominera l'autre, et moi j'avais décidé que mon corps devait obéir.

3

J'avais presque seize ans, et ma passion pour la danse reléguait au second plan tout le reste, études, copines, garçons. J'ai alors décidé d'arrêter le lycée après une seconde complètement ratée, malgré les prières de mes parents, et de passer le concours d'entrée du Conservatoire régional, à Lyon. J'ai travaillé avec acharnement et j'ai réussi. À la rentrée suivante, j'ai quitté ma petite ville de Chalieu et la maison familiale, où je ne rentrais plus que le week-end. Je passais mes journées à m'entraîner, enchaînant les cours, et le soir je travaillais encore mon grand écart, mes pointes, mon en-dehors.

J'étais installée en colocation avec une de mes cousines, Margot, qui avait deux ans de plus que moi et une tête beaucoup mieux faite. Elle commençait des études de médecine et nos parents respectifs s'étaient mis d'accord pour louer un petit appartement, rassurés à l'idée que nous serions ensemble pour assumer notre nouvelle indépendance. Margot avait énormément de travail et, quand elle n'était pas en cours, elle s'enfermait dans sa chambre pour étudier. Le week-end, nous retournions en général chez nos parents, elle à Grenoble, moi à

Chalieu. Nous passions donc assez peu de temps ensemble et n'avions à vrai dire guère d'affinités, mais chacune était contente de sentir la présence de l'autre. Au total, je me trouvais très bien dans cette nouvelle vie, même si la présence affectueuse et un peu envahissante de mes parents me manquait parfois.

Le premier trimestre s'est passé sans heurts, suivi des vacances de Noël, avec leurs interminables repas de famille qui m'ont paru encore plus fatigants que d'habitude, si bien que j'ai été contente de voir les fêtes se terminer. Peu après la rentrée de janvier, le directeur du Conservatoire est venu interrompre le cours de classique donné par Monsieur Olivieri, mon professeur préféré. En le voyant entrer, je ne me suis pas méfiée, il n'avait pas du tout l'allure d'un messager du destin, avec sa petite bedaine et ses lunettes cerclées de métal. Après avoir présenté ses vœux à la classe, il a annoncé que cette année le Conservatoire allait monter un grand spectacle de danse, un ballet complet qui serait donné au Théâtre du Rhône. Monsieur Olivieri était en charge du projet et son choix s'était porté sur *La Sylphide*. Je me suis cramponnée à la barre : *La Sylphide*, mon ballet préféré, le premier des grands chefs-d'œuvre classiques, moins brillant et connu que *Le Lac des cygnes*, *La Belle au bois dormant*, *Casse-Noisette* ou *Giselle*, mais plus mystérieux et poétique. L'argument du ballet est terriblement romantique : dans une Écosse noyée de brumes vivent des nymphes ailées, les Sylphides. L'une d'elles tombe amoureuse d'un mortel, le beau James, fiancé à Effie. James est séduit par le charme aérien de la Sylphide, et il en oublie sa fiancée humaine. Il s'enfonce alors dans la forêt à la poursuite de la gracieuse créature et découvre le monde enchanté des Sylphides. Mais c'est un homme, n'est-ce pas, et très vite il éprouve le désir de posséder la jolie nymphe. Il la capture donc à l'aide d'une écharpe ensorcelée que lui a donnée une sorcière. Cela finit mal, bien sûr : prise au piège de l'écharpe maléfique, la Sylphide perd ses ailes et meurt, laissant James désespéré, tandis qu'au loin passe le cortège de noces d'Effie qui a trouvé un autre époux. Je sais qu'une telle histoire peut prêter à sourire et je suppose qu'il faut être une fille comme moi pour la trouver émouvante. La plupart des gens sont insensibles à la poésie et au merveilleux : quand les Sylphides s'envolent entre les arbres du décor, ils cherchent des yeux les filins qui les soulèvent et devinent l'escabeau caché derrière les troncs de carton-pâte. Ils pensent percevoir la réalité cachée derrière l'illusion, mais laissez-moi vous dire qu'ils sont aveugles, complètement aveugles.

Je savais que ce rôle était pour moi, et je le voulais. Je n'étais pas la seule. Instinctivement, j'ai tourné la tête vers Audrey ; on s'est jaugées un instant puis, du même mouvement, on a cherché des yeux Salima. Elle nous a fait à l'une et à l'autre un petit sourire moqueur, du genre : « Vous pouvez vous accrocher, les filles, parce que moi je vais y aller à fond. » Audrey et Salima étaient mes seules rivales sérieuses au cours supérieur, les seules dont je pouvais craindre qu'elles ne décrochent le rôle à ma place. Je dois reconnaître qu'elles avaient toutes les deux un très bon niveau, dans des styles très différents ! Audrey est une blonde pas jolie, avec un grand nez qu'elle veut faire opérer et des bras trop longs. Du coup elle a aussi de longues jambes, ainsi que beaucoup d'en-dehors, un beau coup de pied et des pointes solides. Ses points forts sont l'adage et les grands sauts, en revanche pour les tours et la batterie elle manque de vivacité, d'énergie, et ses mouvements de bras sont ridiculement maniérés. Salima est très différente. Elle est moins élancée, plus musclée et il faut qu'elle surveille son poids tout le temps. Ses pointes sont également très solides, mais elle a moins de coup de pied qu'Audrey. Elle est d'une souplesse que j'envie et c'est elle qui a la technique la plus brillante, passant presque toujours trois tours sans accroc. En plus, elle a une résistance incroyable : elle peut enchaîner les séries d'entrechats avec le sourire et, quand elle est en forme, elle exécute trente-deux fouettés sans faiblir.

Quant à moi, je peux dire que, techniquement, je n'étais la meilleure en rien, mais je n'avais pas non plus de points faibles. Et il me semble, sans vouloir être prétentieuse, que j'étais la plus agréable à regarder, je veux dire, comme danseuse. Comme fille, je ne suis pas si moche non plus, hein, même si je trouve mon nez un peu pointu, mon teint trop pâle et mes cheveux d'un châtain ordinaire. Ma mère s'inquiète parce que je suis menue, avec peu de formes, mais pour la danse j'ai le gabarit parfait.

C'est pourquoi j'ai pensé que j'avais toutes les chances d'être choisie pour danser la Sylphide. Salima n'avait pas vraiment le physique du rôle, pas seulement à cause de sa silhouette musclée et de son teint mat, mais parce qu'elle dégage quelque chose de plus… comment dire ?… de plus terrien et sensuel. Plutôt Carmen que Sylphide. Sauf si Monsieur Olivieri faisait passer d'abord les qualités techniques. Audrey correspondait davantage à l'image de la ballerine romantique et, si je me souvenais bien, le rôle ne comportait pas de passages qui puissent la mettre en difficulté sérieuse. Il allait falloir se battre.

Pour autant, je ne détestais pas ces deux filles. À vrai dire, je n'aimais pas beaucoup

Audrey ; d'ailleurs personne n'aimait beaucoup Audrey : c'est une fille sèche et égoïste, lèche-bottes avec les profs, à l'esprit étriqué. Elle était jalouse de Salima et la regardait de haut en même temps, du style : « Qu'est-ce qu'une Arabe vient faire dans un cours de danse classique ? » jusqu'au jour où Salima a dit en passant que son père était ingénieur, ce qui l'a calmée. Cela dit, même s'il avait été maçon ou balayeur, je ne vois pas pourquoi Salima aurait été condamnée à choisir le hip-hop plutôt que la danse classique. C'est ce que j'ai pensé, mais je ne l'ai pas dit. Je parlais peu, et je ne voulais pas faire d'histoires. Je trouvais Salima sympathique, bien qu'un peu trop exubérante à mon goût. Et puis elle faisait partie d'un cercle de filles qui suivaient les cours du Conservatoire depuis qu'elles étaient petites et je me sentais en dehors du groupe.

À Lyon, je n'avais en fait de relation amicale qu'avec ma cousine Margot. Elle trouvait bizarre ma passion pour la danse, comme j'avais, moi, du mal à comprendre qu'elle puisse consacrer des heures à mémoriser des noms d'os ou des formules chimiques, mais nous cohabitions sans heurts. Elle m'expliquait des trucs d'anatomie qui pouvaient m'aider à mieux saisir le travail musculaire, je lui faisais réciter ses formules. Je m'efforçais de supporter son désordre et son langage facilement grossier, elle s'abstenait de râler contre mes collants et tuniques toujours pendus à sécher dans la salle de bains. De temps en temps nous faisions une petite sortie cinéma ou shopping, et parfois elle me proposait de l'accompagner à une soirée étudiante. Je refusais toujours : ce n'était pas mon monde.

Le jour où le directeur du Conservatoire nous a parlé du spectacle à venir, je suis rentrée tout excitée à l'appartement, impatiente de confier à Margot mes espoirs et mes craintes. J'ai été déçue de trouver la porte de sa chambre fermée. Dans notre code, cela signifiait : « Ne me dérange pas, je travaille ou je dors. » Mais Margot ne travaillait pas. Elle ne dormait pas non plus. J'ai eu un choc en identifiant la nature des bruits qui s'échappaient de sa chambre : la tête de son lit en bois un peu déglingué cognait contre le mur à coups réguliers, ponctués de gémissements dérangeants. Moi, ça me dérangeait, en tout cas. Ça me dégoûtait même. Ce n'est sans doute pas normal, pas sain, qu'une fille de mon âge trouve le sexe dégoûtant, mais je n'ai jamais été une fille très normale, je suppose. Moi, je voulais au contraire que mon corps s'éloigne de l'animalité, qu'il devienne un instrument capable de créer de la beauté en se pliant aux règles de l'art. Alors je me suis enfermée dans la salle de bains et j'ai fait couler la douche à fond. J'aime me laver à l'eau très chaude, même si je sais que ce n'est pas très bon pour la santé. Cette fois-là, je me suis presque ébouillantée et je me suis ensuite essuyée avec tant de force que j'en avais la peau rouge vif. J'étais restée longtemps dans la salle de bains, un temps suffisant pour que Margot ait pu se débarrasser de son visiteur. Mais quand je suis sortie, j'ai eu la désagréable surprise de les trouver tous les deux attablés au comptoir de notre coin cuisine, en train de boire une tasse de chocolat. Margot n'avait même pas l'air gêné quand elle m'a dit :

– Ah Lucie, je te présente Théo, un copain de la fac. Théo, ma coloc et cousine, Lucie.

Je n'ai pas bougé. Le garçon s'est levé de son tabouret et, avant que j'aie pu réagir, il m'avait saisie délicatement aux épaules et m'embrassait sur les joues, sans prendre garde à mes cheveux tout humides. J'ai tressailli à ce contact : je n'aime pas trop qu'on me touche. Pourtant je dois avouer que pendant les quelques secondes où j'étais prise dans son étreinte légère, j'avais éprouvé l'envie fugace de sentir ses bras se refermer sur moi. J'ai reculé d'un pas.

– Ben, ravi de te connaître, a dit Théo.

Je ne suis pas très sensible aux voix habituellement, mais j'ai été frappée par les notes rieuses de la sienne, qui faisaient comme une musique en sourdine derrière ses paroles. Il ne riait pas, pourtant, il souriait seulement, et ce sourire dessinait deux plis verticaux très profonds dans ses joues. Entre ces deux parenthèses, sa bouche aux lèvres pleines s'étirait largement, tandis que ses yeux se plissaient, faisant naître d'autres plis en éventail. Cela lui donnait un air malicieux qui s'accordait bien avec son long nez légèrement retroussé. Des mèches raides et désordonnées, d'un brun presque noir, encadraient son visage au teint mat. Je l'aurais trouvé mignon et sympathique si je ne m'étais pas souvenue des bruits entendus derrière la porte de Margot. J'ai chassé de mon esprit les images qui voulaient y surgir.

– Tu veux un thé ? m'a proposé Margot.

Théo a tendu le bras vers le pichet bleu.

– Il reste du chocolat, sinon.

– Du chocolat ? Tu déconnes ? s'est moquée Margot. Le chocolat, ça fait grossir !

Cette remarque m'a rendue furieuse : de quel droit ma cousine se permettait-elle de faire des commentaires sur moi devant ce garçon ? Mais je n'ai rien dit.

– Tu es danseuse, c'est ça ? a dit Théo.

C'était une fausse question, car je me doutais bien que Margot lui avait déjà parlé de moi. J'ai tout de même répondu :

– Oui, enfin je voudrais devenir danseuse classique. Pour le moment j'étudie au Conservatoire.

– Excuse-moi de dire ça… C'est pas un peu ringard, la danse classique ?

J'ai haussé les épaules, j'avais l'habitude de ce genre de remarque.

– Je suis une fille ringarde, alors ça tombe bien. Et je suis aussi une fille fatiguée, parce que la danse classique, en plus d'être ringard, c'est épuisant. Je vais me reposer. Au revoir.

J'ai attrapé ma tasse de thé, pas mécontente de lui avoir cloué le bec. Mais je ne connaissais pas encore Théo, c'est le genre qui ne s'avoue jamais vaincu. Il m'a barré le passage.

– Attends, te sauve pas comme ça. Je voulais pas être vexant, je suis désolé, c'était con, comme remarque. En fait, j'y connais rien, c'est tout. Mais je trouve ça très classe, les danseuses… le port de tête, la rigueur…

Margot l'a coupé :

– Bon, putain, Théo, ça va, elle est pas fâchée, hein, Lucie ?

J'ai regardé Théo qui avait pris l'air exagérément penaud et je n'ai pas pu m'empêcher de lui sourire. Non, je n'étais pas fâchée et quand il a à nouveau posé ses mains sur mes épaules et s'est penché pour me faire la bise, je n'ai pas reculé. C'est lui qui a fait un pas en arrière parce qu'un peu de thé brûlant s'était renversé sur son T-shirt. On s'est séparés là-dessus.

– Alors, comment tu le trouves ? m'a demandé ma cousine le lendemain.

– Superflu, j'ai répondu.

4

Oui, « superflu » était le mot ; dans ma vie, il n'y avait pas de place pour les garçons. J'ai pensé pourtant un peu à Théo, je l'avoue, et à la douceur de ses lèvres sur mes joues, mais ce souvenir a été bientôt effacé par la question obsédante qui occupait tout mon esprit : qui Monsieur Olivieri allait-il choisir pour danser le rôle de la Sylphide ? Audrey ? Salima ? Ou moi ?

Je travaillais encore plus dur que d'habitude, mes deux rivales aussi. Le reste de la classe nous observait, des groupes de supporters plus ou moins avoués se formaient, des rumeurs couraient. Monsieur Olivieri nous faisait travailler une variation du ballet, celle du divertissement de l'acte II. C'était une chorégraphie compliquée, une sorte de collection de difficultés techniques : quelques grandes arabesques au début, un double tour en dedans, un peu de batterie et des petits sauts, et pour finir un manège combinant des emboîtés et des tours piqués. Rien de super difficile en soi, sauf qu'enchaîner tous ces pas n'était pas évident. Je n'ai jamais été très à l'aise avec les emboîtés, mais à part ça, rien ne me posait vraiment problème. Audrey était furieuse car la variation comportait des tours en dedans, sa bête noire, et en revanche aucun grand saut. Quant à Salima, elle maîtrisait la technique mais elle avait du mal à donner à sa danse le style romantique et aérien requis par le personnage. Le jour de l'audition était le 2 février ; c'était aussi la date fixée plus ou moins arbitrairement pour mon anniversaire puisque, ayant été trouvée dans les bois, je ne possédais pas de certitude quant au jour précis de ma naissance. J'allais donc avoir seize ans ce jour-là et j'espérais que cela me porterait chance. Je n'aimais pas trop mes anniversaires d'habitude : penser à ma naissance, c'était aussi me rappeler mon abandon, mais cette fois je souhaitais de toutes mes forces que ce jour m'apporte le plus beau des cadeaux.

Nous étions six à concourir pour le rôle, dont trois n'avaient à mon avis aucune chance vu leur niveau. Audrey était nerveuse, elle n'a réussi à passer qu'un tour au lieu des deux requis par la chorégraphie et a mal contrôlé la trajectoire de son manège. Je suis passée juste après elle : soutenu, glissade, développé en arabesque, c'était parti. J'avais regardé des dizaines de fois le passage en question sur le DVD du ballet filmé à l'Opéra de Paris, et étudié dans les moindres détails la façon dont la danseuse étoile, Aurélie Dupont, venait à bout de ces deux minutes d'enchaînement. Mais dès que je me suis élancée, j'ai oublié ce que je m'étais forcée à surveiller : le port de tête légèrement penché à gauche, les bras pas trop hauts... Je n'ai plus pensé qu'à une chose : « Je suis la Sylphide, légère et immatérielle, tout m'est facile, je bondis et tourne sans effort et, si je le voulais, je pourrais m'envoler. » La salle de danse a disparu, je tourbillonnais dans une clairière, au fond d'une forêt secrète. Quand je suis retombée en fente après l'ultime pirouette, je ne doutais plus : je serais la Sylphide.

Les deux dernières candidates sont passées, puis les professeurs nous ont renvoyées pour délibérer. Cela n'a pas duré longtemps. Monsieur Olivieri est venu nous chercher dans le couloir où nous attendions et nous a demandé de revenir dans la salle. Audrey ne parvenait pas à cacher son appréhension derrière son air faussement blasé et même Salima semblait nerveuse. Moi, je me sentais très calme. Monsieur Olivieri a pris un ton ridiculement solennel :

– Le rôle de la Sylphide sera dansé par Lucie, avec pour remplaçante Audrey. Le rôle d'Effie sera dansé par Salima, avec pour remplaçante Justine. Si elles n'ont pas l'occasion de danser en tant que remplaçantes, Audrey et Justine danseront le pas de trois des Sylphides du deuxième acte avec Chloé ; Clotilde sera la remplaçante pour ce pas de trois.

Je gardais les yeux baissés. Je n'osais pas regarder Audrey qui devait être horriblement déçue. Salima avait au moins la consolation de danser Effie, qui a de jolies variations à l'acte I. Ce rôle lui irait très bien.

– Des questions ? a ajouté Monsieur Olivieri.

– Qui va danser James ? a demandé Salima d'un air coquin. J'aimerais bien savoir qui va me briser le cœur.

– Nous n'avons aucun garçon d'un niveau suffisant au cours supérieur, mais l'Opéra de Lyon veut bien nous prêter un de ses jeunes danseurs. Il s'appelle Matthieu Legendre.

– J'le connais, s'est écriée Justine, il est trop beau gosse !

Elles se sont toutes mises à rire, se libérant de la tension de l'audition, sauf Audrey qui avait l'air sur le point de fondre en larmes. Moi non plus je n'ai pas ri, j'étais trop heureuse.

– Je danserai la sorcière, a dit Monsieur Olivieri, et Nathalie sera la mère d'Effie. Début des répétitions vendredi à quinze heures.

En rentrant à l'appartement, j'avais du mal à marcher normalement. Je fredonnais la musique de la variation et j'étais obligée de me retenir pour ne pas danser. Margot n'était pas là, dommage, j'aurais aimé partager la bonne nouvelle avec elle. Elle passait de plus en plus de temps avec Théo, évidemment.

J'avais beau lui faire remarquer qu'en première année de médecine elle ne pouvait se permettre de relâcher ses efforts sous peine de perdre toutes ses chances, elle me rétorquait qu'elle bosserait plus le week-end et continuait à sortir. Tant pis pour elle ! Moi je savais qu'il fallait tenir les garçons à l'écart et se concentrer sur son but. C'est à ce prix que je venais de décrocher mon premier grand rôle. Même si je devais reconnaître que Théo était attirant, jamais je ne lui aurais sacrifié mes rêves.

J'ai laissé un message à mes parents puis je me suis déshabillée et mise sous la douche. Et c'est là, en me savonnant le dos, que j'ai senti quelque chose d'inhabituel. Au bas de mes omoplates, il y avait une sorte de repli, sous la protubérance de l'os. Bien que je sois souple, je devais me contorsionner pour palper l'endroit et je n'arrivais pas à comprendre ce qu'était ce pli que je sentais sous mes doigts. Je suis sortie et me suis rapidement séchée. J'ai dû passer la serviette sur le miroir couvert de buée avant de me retourner et d'examiner mon dos. Le miroir me renvoyait une image brouillée par les traces humides et le reste de vapeur, je me tordais le cou pour essayer de distinguer quelque chose et j'ai failli laisser tomber quand soudain j'ai vu dans le reflet voilé deux espèces de pétales translucides se déplier symétriquement au-dessous de mes épaules. J'ai crié de surprise, mais pas de terreur, bizarrement. Les deux ailes, car oui, c'étaient des ailes, semblaient avoir jailli de sous mes omoplates. Elles palpitaient doucement, accrochant la lumière de la lampe. Elles n'étaient pas de plumes, c'étaient plutôt les ailes diaphanes d'un insecte inconnu. J'ai pensé un instant à l'horrible transformation du héros dans le film *La Mouche*, mais il n'y avait rien de dégoûtant dans ces deux jolies ailes qu'on aurait cru de papier de soie, accrochées dans mon dos par je ne sais quelle magie. J'ai cru à une hallucination, évidemment. La fatigue, la tension nerveuse de l'après-midi… J'ai glissé une main dans mon dos pour vérifier par le toucher l'information incroyable que me donnaient mes yeux. Mes doigts ont rencontré la membrane finement nervurée, l'ont palpée délicatement : elle était beaucoup moins fragile que je n'aurais cru. J'ai essayé de tirer sur l'une des ailes, puis l'autre : elles étaient bien réelles, solidement attachées de part et d'autre de ma colonne vertébrale. La buée s'était à présent complètement dissipée et j'ai pu les examiner de près. Des nervures aux couleurs métalliques, bleu, vert, violet, en cloisonnaient la surface transparente, leur donnant des reflets irisés. Leur forme était celle d'un pétale allongé dont la pointe d'environ cinq centimètres de large surgissait d'un petit sillon de ma peau, puis s'élargissait jusqu'à atteindre la dimension d'une raquette de badminton. J'ai essayé de les faire bouger et, à ma grande surprise, elles m'ont obéi, se repliant et s'ouvrant dans un doux mouvement qui m'a fait frissonner. Alors l'évidence m'est apparue : c'étaient les ailes de la Sylphide. *J'étais* la Sylphide. J'ai esquissé un saut de chat, tout en tâchant de les agiter. C'était presque imperceptible, pourtant j'ai senti que malgré mon peu d'élan, je m'étais élevée avec une légèreté inhabituelle. J'étais abasourdie, mais pas horrifiée, non. Je n'arrivais pas à me trouver monstrueuse.

Comment faire cependant vis-à-vis des autres ? Comment dissimuler mon étrangeté ? Car pour l'instant il m'apparaissait évident que je devais garder secrète ma métamorphose, le temps au moins de voir si ce n'était pas une illusion qui allait se dissiper, et d'essayer de comprendre ce qui m'arrivait. J'ai entendu la porte d'entrée s'ouvrir et la voix de Margot appeler :

– Lucie, t'es là ?

La panique n'a pas eu le temps de me saisir. Quand je me suis retournée vers le miroir, j'ai vu mes ailes se replier et disparaître, comme avalées de l'intérieur. Sous mes omoplates il n'y avait plus rien qu'un petit pli de peau à peine perceptible. Margot a repris son appel.

– Je suis là, dans la salle de bains.

J'ai entendu des rires, une voix masculine. Elle avait amené Théo, encore une fois. Je lui avais pourtant laissé entendre que sa présence me dérangeait. Quand je suis passée au salon, elle s'est vite décollée de lui et s'est tournée vers moi :

– Tu as fini avec la salle de bains ? J'y vais alors. Tiens compagnie à Théo pendant que je me douche, sinon il va trouver le temps long… Et au fait, ton audition ?

Elle avait failli oublier de me poser la question. J'ai répondu machinalement, encore toute bouleversée par ce que je venais de vivre :

– C'est bon, j'ai eu le rôle.

– Mais c'est super ! s'est écriée Margot. Et toi tu me le dis comme ça, on croirait que tu t'en fous ! Bon, je me douche et on fête ça !

Je me sentais embarrassée par ce tête-à-tête plus ou moins imposé avec Théo, d'autant plus que je ne portais que mon vieux peignoir et que j'avais les cheveux entortillés dans une serviette. J'aurais voulu aller me rhabiller, mais il ne m'en a pas laissé le temps.

– C'est quoi cette histoire de rôle ? C'est pour un spectacle, c'est ça ?

Je me sentais frustrée de n'avoir partagé ma joie avec personne encore. J'ai soudain eu envie de raconter à quelqu'un cet après-midi si important pour moi. Oubliant ma tenue, je me suis assise face à Théo et je lui ai parlé de mes rivales, de la variation et du choix final. Il a paru sincèrement content pour moi et puis il a voulu en savoir plus sur *La Sylphide*. Je n'ai pas l'habitude de parler de ce que je fais, en général ça n'intéresse pas beaucoup les gens de mon âge, surtout les garçons, et j'étais étonnée de sa curiosité. Je me suis mise à lui résumer fébrilement l'intrigue du ballet ; j'étais anormalement excitée par ce qui venait de m'arriver, ma nomination, la découverte de mes ailes. Quant à ce dernier point, je commençais à me demander si l'émotion d'avoir été choisie pour être la Sylphide ne m'avait pas perturbée au point de me faire imaginer cette chose folle.

– Alors cet idiot de James délaisse sa fiancée pour suivre la mystérieuse Sylphide dans les bois ? a dit Théo. Remarque, si c'est toi, on peut le comprendre.

C'était un compliment. Un compliment inattendu et déplacé. J'ai fait celle qui n'avait pas entendu, mais je suis sûre qu'il a remarqué que j'étais troublée. J'ai toujours été mal à l'aise avec les garçons, et au Conservatoire je ne fréquentais que des filles ; je ne savais pas comment réagir à ce genre de flatterie. J'ai prétexté que j'avais froid pour me réfugier dans ma chambre. Là, j'ai quitté mon peignoir et j'ai voulu revoir mes ailes : mais j'ai eu beau me concentrer pour les faire apparaître, mon dos est resté lisse. J'avais sûrement rêvé.

Margot m'a proposé de sortir avec eux pour fêter mon anniversaire et mon succès. Nous sommes allés dans un bar mais j'ai vite décidé de rentrer : j'étais épuisée et je voulais me retrouver seule. Et ils n'avaient pas besoin de moi pour terminer la soirée.

5

Dans les jours qui ont suivi, les ailes n'ont pas réapparu et le vendredi soir, quand j'ai retrouvé mes parents, j'étais convaincue d'avoir été victime d'une hallucination due au stress. Mes parents ne semblaient pas mesurer ce que représentait pour moi le fait d'avoir décroché le rôle de la Sylphide ; la danse restait à leurs yeux une activité de loisir bien choisie pour jeunes filles de bonne famille et ils avaient du mal à comprendre que cela puisse devenir la passion d'une vie, sans parler d'une profession. Ma mère s'inquiétait plus de ma nomination qu'elle ne s'en réjouissait : selon elle, je me fatiguais trop et, avec ce premier rôle, ce serait pire. Et puis j'avais maigri, je me dépensais trop, je ne mangeais pas assez…

– Tu devrais sortir aussi de temps en temps, a ajouté mon père. À ton âge, il faut s'amuser.

Ma mère en a profité pour glisser :

– Au fait, Véronique m'a dit que Margot avait un petit copain… un étudiant en médecine. Tu le connais ? Il est bien ?

– Je l'ai croisé assez vite, oui, il a l'air sympa.

Ma mère a soupiré. Inutile qu'elle en dise davantage, je pouvais traduire avec exactitude ce soupir : « Et toi, quand est-ce que tu sortiras enfin avec un garçon ? Un garçon gentil, avec un bel avenir, qui saura prendre soin de notre petite princesse si délicate ? » Je voyais bien qu'elle était, sinon déçue, du moins décontenancée par moi, et soucieuse. Mais je n'y pouvais rien si je n'étais pas la fille dont ils avaient rêvé. J'étais différente, c'était comme ça. J'ai dit :

– Je vais faire un tour dans les bois, j'ai besoin de respirer.

– Oui, ça te fera du bien après l'air de la ville. Et ça t'ouvrira peut-être l'appétit, a répondu ma mère. Couvre-toi bien, il fait plus froid qu'à Lyon, ici ! Et ne reviens pas trop tard, n'oublie pas qu'on fête ton anniversaire. J'ai invité les Belin et les Demerville.

Cette fois, c'est moi qui ai soupiré, discrètement : je n'avais aucune envie de ce dîner. J'ai pris ma vieille doudoune, je me suis enveloppé la tête dans le châle gris tout doux que Mamoune, ma grand-mère, m'avait offert au dernier Noël, et j'ai filé dehors.

Notre maison est à l'écart de Chalieu. C'était celle de mes grands-parents paternels et mon père en a hérité en même temps que de l'entreprise de travaux publics, peu avant ma naissance. Il adore cette « maison de maître », comme il dit, et prétend qu'il ne pourrait pas vivre en appartement. Ma mère, elle, se plaint souvent du long trajet qu'elle doit faire pour aller travailler, tout en étant contente d'avoir une vaste demeure où recevoir ses amis. Pour moi aussi, c'était un peu pénible d'être loin pendant mes années de collège à Sainte-Cécile, mais j'appréciais le calme et la proximité de la nature, même si la maison m'a toujours paru impressionnante, avec ses chambres trop nombreuses, son mobilier ancien, sa cave, son grenier mystérieux et son air d'opulence. Ce que je préfère, c'est le jardin, ou plutôt « le parc », selon mon père, et la forêt qui s'étend par-derrière, après quelques prairies. Même petite, je n'ai jamais eu peur de m'y promener seule ; je trouvais la présence des arbres plus rassurante qu'effrayante.

On était au cœur de l'hiver, pourtant les bois n'avaient rien de lugubre. Pins, sapins et épicéas assuraient la permanence du décor, évitant l'impression de désolation que donnent en hiver les forêts de feuillus. Et pour égayer le vert sombre des conifères, il y avait les feuilles rousses des jeunes hêtres, qui résistent jusqu'au printemps, accrochées à leurs branches, et les troncs blancs des bouleaux. Avec sa silhouette gracile, ses rameaux légers et son écorce douce et lumineuse, le bouleau est mon arbre préféré. Il est pourtant fragile et résiste mal à la neige ou à la tempête. Si j'étais arbre, je serais bouleau.

Par terre, la mousse s'étalait en nappes d'un vert aussi frais que celui de l'herbe neuve au printemps. Quelques langues de neige bientôt menacées de disparition éclairaient les coins d'ombre, et leur blancheur me serrait étrangement le cœur. Soudain, une de ces formes blanches a paru s'arracher du sol et a disparu entre les troncs. Le mouvement avait été si furtif que mes yeux l'avaient à peine enregistré. Sans doute n'était-ce qu'une illusion due à mon imagination : quelques minutes plus tôt, j'avais cru voir s'envoler devant moi une petite bande d'oiseaux, alors que ce n'était qu'une poignée de feuilles mortes soulevées très haut par un tourbillon de vent. Rien à voir avec une hallucination. J'ai appuyé ma joue contre le tronc d'un pin. Son écorce d'un brun-roux se craquelait en grosses écailles dont le bord grisé s'effritait sous mes doigts. Quand j'étais petite, mon père arrachait pour moi de la pointe de son canif un de ces bouts d'écorce que je passais ensuite des heures à polir contre une pierre, jusqu'à obtenir un cœur ou une petite barque à lâcher dans le ruisseau.

Je n'avais pas ce jour-là de bateau d'écorce à faire naviguer, j'ai pourtant décidé d'aller jusqu'au ruisseau. Je descendais à travers la plantation d'épicéas qui couvre la pente raide, surveillant mes pieds pour ne pas glisser, quand j'ai à nouveau cru apercevoir une forme blanche se faufiler entre les arbres. Il y a pas mal de chevreuils dans le coin, mais seule leur queue est blanche et c'est en bondissant qu'ils s'écartent des importuns. Je ne me sentais pas inquiète, j'étais plutôt intriguée. J'ai tendu l'oreille, surveillé les environs, je ne voyais que les branches agitées par un souffle de vent et n'entendais que leur froissement léger, mêlé au glouglou de l'eau.

Le ruisseau avait creusé un lit profond dans l'humus de la forêt, il coulait entre deux hautes berges et bondissait avec force de rochers luisants en creux sombres. Assise sur une souche, je contemplais la danse de l'eau lorsqu'un frisson m'a contracté le dos. Ce n'était pas le froid, car au contraire j'avais soudain très chaud. J'ai enlevé ma doudoune, mais la sensation de brûlure persistait dans mon dos. Prise d'une appréhension, j'ai arraché mon pull, mon T-shirt, et passé la main sous mes omoplates. Ce que j'ai senti ne m'a pas vraiment surprise : les ailes étaient revenues, juste au-dessous de l'attache de mon soutien-gorge. En me dévissant la tête, je parvenais à les voir frémir derrière moi. Je n'avais donc pas été victime de la fatigue et de l'émotion après l'audition, c'était bien réel : des ailes de Sylphide s'étaient greffées à mon corps. J'ai essayé de rester calme, de chercher une explication, rationnelle ou pas : serait-il possible que ma nomination pour le rôle ait déclenché cette métamorphose ? Si Monsieur Olivieri avait choisi Audrey plutôt que moi, le maléfice l'aurait-il frappée à ma place ? Mais était-ce réellement un maléfice ? Les ailes pouvaient apparaître et disparaître ; si je parvenais à contrôler le mécanisme, le mal n'était pas si terrible… Pas plus que la première fois je ne me sentais terrifiée par ce qui m'arrivait ; j'avais au contraire l'impression… comment dire ?… de découvrir enfin un secret dont j'avais longtemps soupçonné l'existence.

J'ai pensé à la façon dont, bébé, j'avais été découverte dans la forêt, à peine couverte et ne souffrant cependant pas plus du froid que je n'en souffrais à présent. Par la suite, je m'étais toujours sentie différente, de mes parents, et aussi de mes camarades, dont je fuyais les jeux bruyants, me réfugiant dans la danse, le silence, la forêt. Sous mes apparences humaines, j'appartenais peut-être au monde des créatures de la forêt, j'étais peut-être une Sylphide. Mais c'était absurde, les créatures surnaturelles, auxquelles je voulais tant croire petite, n'existent pas, on me l'avait dit et répété. En grandissant, je m'étais résignée à vivre dans un monde sans mystère et sans magie, où le Père Noël, les fées, les lutins, n'étaient que des contes imaginés pour distraire les enfants crédules. Et pourtant, des ailes avaient surgi dans mon dos, et il n'y avait à ça aucune explication naturelle.

J'ai essayé de les agiter. Elles se sont mises à vrombir furieusement et je n'ai pu retenir un cri en me sentant décoller du sol de près d'un mètre, avant de retomber lourdement. Un rire moqueur a accueilli mon atterrissage brutal. Effarée, j'ai tourné la tête vers le ruisseau : planté sur la berge opposée, un garçon me fixait sans se gêner, hilare. Je ne l'ai regardé que quelques secondes, le temps de voir qu'il était presque nu, à l'exception d'un collant verdâtre qui s'arrêtait aux genoux. Son corps pâle était luisant et ses cheveux fins, ternes au point de paraître gris, dégoulinaient d'eau. Malgré ses yeux clairs et son rire, il se dégageait de lui une impression de malveillance sournoise. J'ai pensé en un éclair : « C'est un fou, qui se baigne en plein hiver dans l'eau glacée ! » Puis : « C'est un exhibitionniste, un pervers ! » Puis je n'ai plus pensé : j'ai bondi sur mon T-shirt, l'ai enfilé à la va-vite. Je me suis soudain souvenue de mes ailes : elles allaient accrocher ! Mais le tissu a glissé sur mon dos sans rencontrer d'obstacle. J'ai supposé qu'elles avaient à nouveau disparu. L'étrange garçon aussi. Sur la rive, il n'y avait plus personne. J'ai cru entendre son rire s'éloigner au fil du ruisseau. Je me suis penchée, sans rien voir d'autre que les éclaboussures de l'eau qui se faufilait entre les rochers. J'avais soudain peur, et très froid. J'ai remis à la hâte mon pull et ma doudoune et je suis remontée le plus vite que j'ai pu jusqu'au chemin qui conduisait à la maison.

Maman m'attendait, postée derrière la fenêtre de la cuisine, et j'ai à peine eu le temps d'entrer qu'elle m'a foncé dessus et s'est mise à déverser sur moi un torrent de reproches : j'étais restée bien trop longtemps dehors, j'étais glacée, pâle comme la mort, je n'étais pas raisonnable. Je me suis sentie exaspérée. Je savais bien que c'était parce qu'elle s'inquiétait pour moi que ma mère me harcelait ainsi. Elle ne pouvait pas me comprendre, avec son gros bon sens et ses deux pieds solidement plantés sur terre, moi qui non seulement n'étais pas la chair de sa chair mais qui, je venais d'en avoir la révélation, appartenais à un autre monde que le sien.

Heureusement, mon père est arrivé à ce moment-là, ramenant de la pâtisserie un énorme gâteau, et j'ai pu m'éclipser sous prétexte d'aller prendre une douche.

– Tu mettras ta jolie robe bleue ? m'a crié ma mère. Ne traîne pas trop, les invités seront là dans une heure.

Je me suis déshabillée et, dans la grande glace de l'armoire, j'ai regardé se déplier mes ailes.

6

À mon retour à Lyon, il s'est mis à faire très froid. Le thermomètre a chuté au-dessous de zéro, conservant la couche de neige sur les toits, dans les squares et le long des ruelles les moins fréquentées. Ailleurs, le salage l'avait réduite en une bouillie grisâtre. Mes camarades se plaignaient que leurs muscles étaient raidis, et il nous fallait prolonger l'échauffement au début des cours, tandis que moi, je me sentais étrangement souple et légère. J'avais envie de retourner dans la forêt. J'aurais voulu en savoir plus sur les formes blanches aperçues entre les arbres, et sur ce mystérieux garçon du ruisseau. Plus je pensais à sa quasi-nudité, ses cheveux dégoulinants, sa façon soudaine de disparaître, plus j'étais convaincue de n'avoir pas rencontré un humain ordinaire.

Malheureusement, mes parents ont décidé d'aller skier le week-end suivant dans les Alpes chez des amis, contrariant mes projets d'expédition en forêt. Pas question pour autant de les rejoindre au ski : avec le projet de spectacle, il ne s'agissait pas de prendre le risque d'un accident. Je me suis donc résignée à passer mon week-end seule à Lyon, car Margot rentrait chez elle. Elle était partie depuis peu de temps, le vendredi soir, quand Théo m'a appelée. J'ai pensé me débarrasser rapidement de lui en disant :

– Tu n'arrives pas à joindre Margot ? Elle est déjà dans le train, ça doit être pour ça.

– Non, non, c'est à toi que je voulais parler. Margot m'a dit que tu restais là ce week-end, alors j'ai pensé… un pote à moi fait une petite soirée demain… comme tu es toute seule, ça te dirait de venir ? Ça va être sympa.

J'étais si surprise que je me suis mise à bafouiller :

– Ah, euh, c'est gentil, mais je crois pas, là… Je suis plutôt crevée et puis, avec ce froid, j'ai pas trop envie de sortir.

– J'aurai la voiture de ma mère. Je peux passer te prendre et te ramener après, si tu veux… Je pense pas rester super tard, de toute façon.

Je ne savais pas comment lui dire non.

– Merci, vraiment, mais je vais connaître personne, ça me dit rien. Et puis je veux pas t'obliger à rentrer tôt, je vais t'embarrasser si je viens. Je préfère rester chez moi, tranquille, je t'assure.

Mais Théo était un garçon très têtu, je l'avais déjà remarqué.

– Non, a-t-il insisté, tu vas pas m'embarrasser du tout. Si je pensais ça, je te proposerais pas de venir. Je vais pas connaître grand-monde moi non plus, à cette soirée, et puis tu pourrais m'apprendre un peu à danser, parce que je suis un gros nul de ce côté.

J'ai fini par dire oui. Il a paru content.

Le lendemain, je m'en voulais d'avoir accepté, mais je n'ai pas osé me décommander. Je ne savais pas comment m'habiller, je n'avais rien de très adapté à ce genre d'occasions. Pour mes tenues de danse, je suis coquette, en revanche à la ville je cherche surtout à me sentir confortable et à ne pas me faire remarquer. Je suis allée fureter dans l'armoire de Margot mais tous ses hauts un peu sexy m'étaient beaucoup trop grands et j'avais l'air ridicule avec mes petits seins qui ne remplissaient pas les décolletés. En plus, il serait assez gênant que Théo reconnaisse sur moi un vêtement de Margot. J'ai décidé de faire plutôt dans l'extrême simplicité : slim, ballerines et petit pull noirs, style Audrey Hepburn dans *Drôle de frimousse*, mon film fétiche, et je me suis fait la queue-de-cheval très haute qui allait avec. Si ce n'était pas franchement glamour, au moins je me sentais à l'aise.

Il y avait beaucoup de monde à cette fête, et j'ai tout de suite regretté d'être venue. Les gens parlaient et riaient fort, la musique ne me plaisait pas, et la nourriture qui s'étalait sur les tables n'était simplement pas possible : chips, pizzas et autres cochonneries. Théo a bien vu que je n'appréciais pas l'ambiance, alors il est resté avec moi et a essayé de me présenter quelques amis. Deux ou trois filles ont paru intéressées d'apprendre que j'étudiais la danse, mais je ne suis pas douée pour entretenir la conversation avec des inconnus et elles ont rapidement trouvé d'autres interlocuteurs plus divertissants. Théo m'a proposé de l'alcool mais je n'en bois pas. Lui, en revanche, a vidé plusieurs verres, il semblait s'ennuyer aussi. J'ai fini par accepter d'aller rejoindre avec lui le petit groupe qui se trémoussait dans un coin ; même si la musique ne m'inspirait pas, je préférais danser plutôt que de rester plantée à écouter des bribes de conversations qui m'indifféraient. Théo bougeait moins mal que ce à quoi je m'attendais : il était un peu raide, mais il suivait naturellement la musique. Son jean qui lui tombait sur les fesses n'arrivait pas à cacher qu'il avait de longues jambes et une jolie silhouette. Ses mèches s'agitaient en rythme autour de son visage et il me souriait d'un air idiot. J'ai réalisé que je le trouvais très mignon. Nous dansions face à face et nos regards ont fini par ne plus se lâcher. Insensiblement, nous nous rapprochions, puis il a mis les mains sur mes épaules, comme la première fois où il m'avait dit bonjour. L'instant d'après il m'enlaçait, l'instant d'après il m'embrassait. Je n'avais pas une grande expérience en la matière, quelques amourettes au collège, sans plus, et ce baiser m'a paru délicieux, jusqu'au moment où une douleur vive m'a poignardé le dos. Je me suis arrachée aux bras de Théo. « Mes ailes, ce sont mes ailes ! » ai-je pensé. J'ai glissé une main sous mon pull, craignant de la ramener pleine de sang : non, tout était normal. Théo semblait plus gêné que surpris. C'est alors que j'ai pensé à Margot. Je m'en étais bien gardée jusque-là, me persuadant que Théo souhaitait seulement, en m'invitant, me distraire de ma solitude et que l'accompagner ne constituait en rien une trahison vis-à-vis de ma cousine. Pourtant le fait est que je venais de la trahir. Je me suis rapprochée de Théo pour lui souffler :

– Je vais rentrer, ça vaut mieux.

– Je te ramène.

J'aurais dû refuser, mais je n'avais guère envie de traverser seule la moitié de la ville en pleine nuit et par ce froid glacial. Dans la voiture, nous n'avons pas parlé. J'avais du mal à démêler mes émotions : je sentais bien qu'au-delà de la honte que j'éprouvais en pensant à Margot, je n'étais pas mécontente de l'avoir, même fugacement, éclipsée aux yeux de Théo. C'était ma petite revanche sur les nombreuses remarques qu'elle avait pu me faire sur le ton : « Tu devrais quand même faire un petit effort au niveau look », ou : « Tu sais, les garçons n'aiment pas les filles trop maigres. » Je me suis tournée vers Théo.

– T'inquiète pas, je dirai rien à Margot. Tu avais juste un peu trop bu, je crois... Et moi, je sais pas ce qui m'a pris. C'était une bêtise, on n'en parle plus.

Théo a voulu me répondre, mais on était arrivés devant mon immeuble.

– C'est bon, ne te gare pas, je descends vite fait. Bonne nuit et merci beaucoup de m'avoir ramenée.

Je me suis extirpée de la voiture sans attendre. J'étais plus troublée que j'en avais l'air et je ne voulais pas qu'il s'en aperçoive. Une fois dans la salle de bains, j'ai examiné attentivement mon dos : on voyait nettement deux traces rouges sous mes omoplates, qui étaient douloureuses au toucher, mais j'ai eu beau me concentrer, mes ailes ne sont pas apparues.

Quand Margot est rentrée le dimanche soir, j'avais déjà fermé la porte de ma chambre et éteint la lumière. L'idée de l'entendre évoquer Théo me mettait mal à l'aise. J'avais passé une bonne partie de la journée à essayer d'oublier son sourire encadré des deux plis verticaux, et le baiser que je m'étais laissé prendre. L'oisiveté ne me réussissait pas. Le lundi, j'ai repris mes esprits en même temps que les cours au Conservatoire et le soir Margot m'a dit d'un air détaché :

– Alors, tu t'es amusée à la soirée chez Martin ? Ça m'a étonnée que tu y ailles, c'est pas trop ton truc, d'habitude, ce genre de sortie.

J'ai répliqué d'un air tout aussi détaché :

– D'habitude, je suis pas là le samedi soir... D'ailleurs je suis rentrée tôt, je m'ennuyais.

– T'as pas trouvé un beau gosse à te mettre sous la dent ?

J'ai haussé les épaules en riant :

– Tu sais bien que je surveille ma ligne !

Et on en est restées là.

Les jours suivants ont été si chargés en cours et en répétitions que j'ai fini par ne plus penser à ce qui s'était passé entre Théo et moi. Il valait mieux : Margot et lui formaient un couple beaucoup mieux assorti, et moi je devais me concentrer sur la préparation de mon rôle. Je n'ai pas revu Théo de la semaine, je suppose qu'il préférait lui aussi oublier l'épisode. Il n'avait pas à s'inquiéter : je n'avais pas du tout l'intention de m'accrocher à lui, pas plus qu'à aucun autre garçon. J'avais des préoccupations plus importantes.

C'est avec soulagement que j'ai pris le train le week-end suivant pour rentrer chez mes parents, et quand j'ai aperçu mon père à la gare, j'étais vraiment contente. Les choses étaient plus simples avec lui qu'avec ma mère : il ne passait pas son temps, comme elle, à me harceler de questions. Il se contentait d'un : « Ça va, ma crevette ? » et il suffisait que je réponde : « Très bien, papa, et toi ? » Je me sentais bien en sa présence ; sa carrure imposante, son assurance, sa bonne humeur bruyante me rassuraient. Il pouvait être coléreux, et il n'avait pas la réputation d'être un patron facile, mais j'étais sa petite princesse et avec moi il se montrait doux comme un nounours.

Le temps avait radouci, et la neige tombait. Dans la lueur des phares, le parc et la maison me sont apparus tout molletonnés de blanc. Maman s'est précipitée à ma rencontre, affairée et bavarde à son habitude. J'ai passé une soirée tranquille, à regarder un vieux DVD de *La Petite Sirène*, enveloppée dans un châle douillet, en pleine régression assumée.

Le lendemain pourtant, je me suis réveillée très agitée, après une nuit emplie me semblait-il de cauchemars dont je ne me souvenais pas mais qui me laissaient une sensation désagréable. Je n'avais qu'une idée : retourner dans la forêt. Après le traditionnel brunch du samedi, j'ai donc enfilé bottes de neige et doudoune.

– Fais attention, ne prends pas froid, a dit ma mère.

– Laisse-la, elle est pas en sucre, et ça lui fera du bien de respirer un peu, est intervenu mon père, ce qui m'a évité de répliquer par un soupir exaspéré.

7

Dans les bois, la couche de neige était encore toute propre. J'ai quitté le sentier, à la poursuite de traces de lièvre, de chevreuil ou de renard. J'ai vite relevé le nez : je devais rester aux aguets si je voulais surprendre les mystérieuses silhouettes blanches entraperçues deux semaines plus tôt. Un couple de gros oiseaux s'est envolé au-dessus de moi ; à leur cri désagréable j'ai reconnu des geais. Comme je levais la tête pour tenter de les voir, j'ai reçu en plein visage un gros paquet de neige tombé d'une branche. Suffoquant sous ce contact glacé, j'ai entrepris de brosser vivement la neige qui s'infiltrait dans mon cou, fondait sur mes joues, collait à mes cheveux. Je me suis arrêtée net en entendant un petit rire moqueur venu d'en haut. J'ai reculé d'un pas avant de regarder en l'air : cette fois, ce n'était pas l'étrange jeune homme du ruisseau, mais une fille de mon âge, perchée sur la branche du sapin qu'elle venait de délester de sa couche de neige, à trois mètres du sol. Elle était drapée dans une étoffe blanche vaporeuse qui aurait fait paraître lourd et grossier le tulle dont sont faits les tutus et derrière elle je voyais frémir deux petites ailes dont l'aspect m'était devenu familier. J'étais en présence d'une Sylphide, une véritable Sylphide ! Et si j'avais eu le moindre doute sur la nature de cette créature, il aurait été vite dissipé : elle s'est soudain élancée de sa branche, m'arrachant un cri effrayé. Mais elle n'est pas tombée, elle a flotté jusqu'au sol et ses pieds nus se sont posés sur la neige sans s'y enfoncer. J'étais tétanisée, incapable de parler. Elle non plus ne disait rien et m'observait d'un air curieux et craintif, partagée me semblait-il entre l'envie de s'approcher et celle de s'enfuir. J'ai fini par retrouver ma voix pour demander :

– Qui es-tu ?

Au moment même où je prononçais ces mots, je me suis rendu compte que les sons qui sortaient de ma bouche ne correspondaient pas à ceux que j'avais cru former. Je n'aurais pu les répéter, cependant la Sylphide a paru me comprendre et m'a répondu dans ce langage que mes oreilles ne reconnaissaient pas mais que mon cerveau comprenait :

– Je suis Brisiel. Tu es des nôtres, n'est-ce pas ? Pourquoi es-tu dissimulée sous ces ridicules vêtements humains ?

Tout en parlant, elle s'est approchée et a tendu timidement la main vers ma joue. La caresse de ses doigts était douce et tiède. J'avais soudain très chaud.

– Je pense être des vôtres, en effet, ai-je répondu. Enfin… j'étais une humaine ordinaire jusqu'à ces dernières semaines, et puis un jour des ailes semblables aux tiennes ont surgi dans mon dos. Je crois que c'est arrivé parce que j'ai été choisie pour danser le rôle principal dans un ballet qui essaie de représenter des… des créatures comme toi.

Brisiel a éclaté de son rire flûté :

– Je ne sais pas de quoi tu parles… un rôle, un ballet ? C'est beaucoup plus simple : tu viens d'avoir seize ans, n'est-ce pas ?

– Heu, oui.

– Eh bien, voilà l'explication. C'est ainsi pour nous autres, Sylphes et Sylphides, nos ailes apparaissent pour nos seize ans, tu ne sais pas ça ? Dans quelle forêt vis-tu pour être si bizarre et ignorante ?

Il y avait plus de curiosité bienveillante que de moquerie dans sa question et j'ai décidé de ne rien lui cacher : mon abandon dans la forêt alors que je n'étais qu'un nouveau-né, mon adoption, mon sentiment d'être différente, mon goût pour la danse, l'audition… Elle m'a écoutée attentivement :

– Pauvre petite… Élevée par des humains, comme tu as dû souffrir ! Voilà pourquoi nous ne t'avions pas reconnue jusqu'alors : enveloppée comme tu l'étais de leurs vêtements et de leur odeur et encore dépourvue d'ailes, tu n'étais pas identifiable. Même tout à l'heure, je n'étais pas sûre que tu ne sois pas des leurs.

J'ai bien failli m'y tromper et ne pas me montrer, car nous évitons d'être vus des humains.

– Je me suis promenée très souvent dans ces bois sans jamais vous voir, en effet, mais l'autre jour, au bord du ruisseau, j'ai déjà rencontré un garçon qui m'a paru… enfin, c'était peut-être l'un de vous.

La Sylphide a fait la moue :

– Au bord du ruisseau, dis-tu ? C'était sûrement un Ondin. Ils ne s'éloignent jamais beaucoup de l'eau. Tu dois t'en méfier, ils sont menteurs et fuyants. En fait, nous les Sylphes devons nous méfier de tous, car nous sommes les plus vulnérables. Heureusement, nous sommes aussi les plus rapides. Les plus lourdauds, ce sont les Gnomes. Tu n'as pas encore vu de Gnomes ?

– De Gnomes ? Heu, non, je ne pense pas.

J'étais abasourdie : la forêt était donc peuplée de créatures que j'avais cru jusqu'alors imaginaires mais que désormais je pouvais voir, puisque j'étais l'une d'elles. Brisiel, apparemment ravie de pouvoir instruire l'ignorante absolue que j'étais, a continué :

– Ils sont faciles à reconnaître : ils sont encore plus laids que les humains, courts et trapus. Tu les verras souvent en compagnie d'animaux, ils savent attirer leur confiance et partagent à l'occasion leur terrier. Comme eux, ils ont l'ouïe fine et un excellent odorat : je m'étonne d'ailleurs qu'ils n'aient pas réussi à te repérer les premiers.

Nous redoutons leur force brutale et n'aimons pas leurs manières grossières ; quant à eux, ils ne nous aiment guère non plus et sont plutôt les alliés des Ondins, mais ils nous laissent tranquilles si nous ne les provoquons pas et préfèrent se bagarrer entre eux.

– Des Sylphes, des Ondins, des Gnomes... je n'arrive pas à y croire ! Et des fées, y a-t-il des fées ? Je voulais tellement croire à leur existence quand j'étais petite !

– Les quelques humains qui ont réussi à nous apercevoir ont imaginé les fées d'après nous, je suppose, en leur prêtant des dons magiques que nous n'avons pas.

– Pourtant... vous volez !

– C'est vrai, mais chaque créature de la forêt ne possède que les pouvoirs qui découlent de sa nature : nous, les Sylphes, sommes légers et pourvus d'ailes, ce qui nous permet de voler, et le corps des Ondins peut devenir fluide pour se mêler à l'eau. Quant aux Gnomes, comme je te l'ai dit, ils possèdent des sens aiguisés, de la force, et savent apprivoiser les animaux, voilà tout. Les plus puissants d'entre nous, ce sont les Salamandres.

Brisiel avait baissé la voix d'un air effrayé en prononçant cette dernière phrase. Je me suis étonnée :

– Les salamandres ? Ce ne sont pas des sortes de lézards ?

– Chut, ne dis pas cela. Les Salamandres sont furieux que les humains aient donné leur nom à ce ridicule petit batracien. Ils sont les créatures du feu, tandis que nous sommes celles de l'air, les Ondins celles de l'eau, et les Gnomes celles de la terre. Ils n'aiment guère les Ondins et les Gnomes, et sont davantage bienveillants avec nous autres Sylphes. Évite-les, c'est un conseil, car ils sont dangereux : rien n'arrête leur colère et, si tu les irrites, ils seront sans pitié.

– Et… comment je les reconnaîtrai ? Ils ressemblent à quoi ?

Brisiel a hésité avant de répondre :

– C'est un air, quelque chose d'à la fois repoussant et fascinant… et leur regard, un regard effrayant. Mais ne t'inquiète pas trop, attifée ainsi tu as peu de chance de les rencontrer, car ils ont horreur des humains, contrairement à nous autres, Sylphes, Ondins et Gnomes, qui nous arrangeons de leur présence. Les plus curieux et farceurs d'entre nous vont même jusqu'à observer les promeneurs et à leur jouer des tours.

– Comme tout à l'heure, quand tu as secoué la branche pleine de neige sur ma tête ?

Brisiel a éclaté de rire.

– Oui, c'est une farce classique de Sylphe ! Les Ondins, eux, guident tes pieds dans un trou d'eau quand tu traverses un pré ou te font glisser d'une pierre au milieu du ruisseau, et les Gnomes t'entravent avec des racines, font rouler les cailloux sous tes pas et lancent les insectes à tes trousses… rien de très méchant, tu vois. Mais les Salamandres supportent mal que les humains pénètrent notre territoire et lorsque la fureur les gagne ils deviennent cruels.

Elle s'est arrêtée, mais je voulais en savoir plus.

– Cruels… que font-ils donc ?

Brisiel a gracieusement tourbillonné au lieu de me répondre : trois tours en l'air, exécutés sans le moindre effort apparent. Il faudrait que j'essaie.

– Ne parlons pas de choses désagréables, a-t-elle dit en se posant délicatement au sol. Montre-moi plutôt tes ailes !

Je me suis rapidement débarrassée des diverses couches de vêtements qui me recouvraient. Comme la fois précédente au bord du ruisseau, je ne ressentais pas le froid. J'ai présenté mon dos à Brisiel.

– Mais tu n'as *pas* d'ailes ! a-t-elle crié en reculant brusquement.

À l'instant même un frisson a secoué mes omoplates.

– Oh, tu… tes ailes, elles sont là… comment… comment fais-tu ça ?

La voix de Brisiel s'étouffait de surprise.

– Je ne sais pas, pas du tout, je ne contrôle rien. Pour l'instant elles apparaissent seulement quand j'ôte mes vêtements et que je suis seule.

Brisiel m'observait avec un peu d'inquiétude.

– Tu n'es pas vraiment l'une des nôtres, a-t-elle fini par dire. Peut-être ta mère humaine s'est-elle unie à un Sylphe ? ou l'inverse ?

– C'est possible ? Une Sylphide peut s'unir à un humain ?

– Oui, mais cela nous fait perdre nos ailes et…

– Et vous mourez ! ai-je achevé à sa place.

Je le savais, car c'est exactement ce qui arrive à l'héroïne du ballet après que James l'a capturée grâce à l'écharpe ensorcelée. La légende était donc directement inspirée de la réalité. Brisiel a sursauté, l'air effaré.

– Non, non, pourquoi imagines-tu le pire ? Non, nous ne mourons pas. Mais une Sylphide sans ailes est beaucoup plus vulnérable et se trouve rejetée par ses compagnons et compagnes : ce doit être affreux ! Je crois que je préférerais encore m'unir à un Salamandre !

– C'est donc possible aussi ? Et que t'arriverait-il alors ?

– Je deviendrais Salamandre moi aussi… De telles unions sont extrêmement rares, qu'il s'agisse d'humains ou de Salamandres… Il faudrait que j'interroge mes aînés. Peux-tu revenir demain ? J'aimerais que les autres puissent te voir et examiner ton cas.

J'avais très envie de rencontrer d'autres créatures qui peut-être pourraient m'éclairer sur mes origines et me dire qui j'étais vraiment. J'aurais voulu partir à leur rencontre sans attendre, mais je me sentais soudain étrangement fatiguée et je voyais bien que Brisiel tenait à parler de moi à ses semblables avant de faire les présentations.

– Eh bien, à demain alors, ai-je répondu timidement.

Brisiel a paru être emportée par un souffle d'air : en un instant, elle avait disparu. Je me sentais soudain glacée. Je me suis rhabillée à la hâte et j'ai regagné le sentier en coupant au plus court. J'entendais le glouglou de l'eau en contrebas et entre les arbres je parvenais à apercevoir de petites portions du ruisseau. J'ai observé un moment les berges, sans voir le bel Ondin.

– Mon Dieu, tu as les mains glacées, s'est exclamée ma mère quand je suis rentrée. Quelle idée de courir dans la forêt avec un froid pareil. Je vais te préparer un bon chocolat bien chaud.

– Maman, tu sais bien que ça m'écœure !

Pour avoir la paix, j'ai accepté le thé qu'elle me proposait en échange, puis j'ai filé dans ma chambre en disant que je voulais travailler mes sauts. J'ai bouclé ma porte et je me suis déshabillée pour laisser sortir mes ailes. Je voulais voir si j'étais capable d'exécuter trois tours en l'air, comme Brisiel. Mais j'ai eu beau m'acharner, je n'ai pu en passer que deux, comme d'habitude, et encore, en me recevant bien trop rudement à terre. J'étais loin, très loin, de pouvoir donner à mon saut cet effet plané, suivi d'un atterrissage moelleux. J'étais trop lourde : Brisiel avait raison, ma part humaine m'empêchait d'être vraiment des leurs. Je n'ai pas pu cacher au dîner que j'étais un peu déprimée, ce que ma mère a mis sur le compte de la fatigue.

– Après ta longue promenade, quel besoin avais-tu de sauter encore des heures dans ta chambre ? Tu t'épuises, ma chérie !

– Sans compter que tu vas finir par démolir le plancher, a ajouté mon père en riant. Cette baraque n'est pas toute neuve !

Je lui ai jeté le regard amusé qu'il attendait, mais mon sourire s'est figé quand ma mère a ajouté :

– Oh, et devine qui vient déjeuner avec nous demain ? Philippe et Marie-France ! Ils sont de retour en France et vont se réinstaller dans leur maison. Ça te fera plaisir de les revoir, hein, après si longtemps !

8

J'ai très mal dormi cette nuit-là, tantôt me remémorant ma conversation avec Brisiel, tantôt essayant d'anticiper la journée du lendemain. L'idée de retourner dans la forêt et d'être confrontée à d'autres Sylphes, voire à des Gnomes et des Ondins hostiles ou même de terribles Salamandres, me paraissait inquiétante et effrayante, envisagée ainsi en plein cœur de la nuit. Qu'allait-il m'arriver ? Qu'allais-je apprendre sur ma naissance ? À cette angoisse s'ajoutait la contrariété de devoir déjeuner avec Philippe et Marie-France. Je les avais eus comme profs au collège et n'avais aucune envie de les revoir. Marie-France était ma prof de maths, matière que je n'ai jamais aimée, et Philippe enseignait la musique. J'avais pris des cours particuliers de piano avec lui pendant deux ans, puis ils étaient partis quelque part en Amérique du Sud, Argentine ou Chili, je ne savais plus. Leur départ avait été un immense soulagement, car je détestais le piano. Très vite les cours étaient devenus un véritable cauchemar, mais jamais je n'ai osé en parler à mon père, lui qui rêvait de me voir devenir bonne musicienne et admirait beaucoup le talent de Philippe. Tout cela était loin, plus de trois ans à présent, et je n'avais pas la moindre envie de faire ressurgir ces mauvais souvenirs. Malheureusement je ne pouvais guère y échapper.

Marie-France m'a paru vieillie : à presque quarante ans elle venait d'avoir son troisième enfant. Cela avait épaissi sa silhouette et fané sa joliesse de blonde. Philippe, lui, était toujours le même, avec son regard sombre, son nez long et fin, ses mains pâles et maigres. Maman trouvait qu'il ressemblait à Chopin, moi j'aurais plutôt dit à une sorte de vautour. Ils avaient amené leur bébé, un garçon ; les deux plus grands, des garçons aussi, étaient chez leurs grands-parents.

– Eh oui, nous n'avons pas la chance d'avoir une charmante fille, comme vous ! a dit Philippe à mes parents tout en me faisant un grand sourire. On a du mal à reconnaître la petite collégienne… Et tu as donc laissé tomber le piano ? Tu ne regrettes pas d'avoir arrêté ?

J'ai eu envie de lui crier : « Ce que je regrette, c'est d'avoir commencé », mais au lieu de ça, j'ai dit poliment que j'avais besoin de m'oxygéner dans les bois avant de repartir pour Lyon et j'ai pris congé.

– Vous aurez l'occasion de vous revoir souvent, a dit mon père, puisqu'ils vont réemménager chez eux et reprendre un poste au collège en septembre prochain.

Qu'est-ce que cela pouvait me faire ? Ils appartenaient au passé. Ce qui m'intéressait désormais, c'était ce qui m'attendait dans la forêt. J'ai marché très vite tout en observant les alentours, en vain. Le temps avait radouci et la neige dégouttait des arbres, mais elle n'avait pas encore fondu au sol et je pouvais suivre mes traces de la veille. Arrivée à l'endroit de ma rencontre avec Brisiel, je me suis arrêtée. La forêt semblait déserte. J'ai appelé, doucement d'abord, puis plus fort :

– Brisiel ! Brisiel !

– Arrête ce boucan ! a grogné quelqu'un derrière moi.

Je me suis retournée, paniquée, puis une brusque envie de rire a remplacé ma peur. Celle qui m'avait ainsi apostrophée avait en effet une drôle d'allure : une petite bonne femme rondelette, aux membres courts, vêtue d'une robe informe taillée dans un tissu grossier mêlé de mousse, de plumes, de feuilles. Son visage renfrogné, au nez court, aux lèvres épaisses, aux yeux ronds comme des billes, était couronné par une tignasse de boucles brunes mal peignées. Pas de doute possible, j'étais face à une Gnome… ou Gnomette.

– Qui es-tu donc, pour venir déranger toute la forêt en braillant ? Et d'où connais-tu Brisiel ? m'a interrogée peu aimablement la Gnomette.

Je n'ai pas eu le temps de formuler ma réponse. Elle s'était approchée à une dizaine de centimètres de moi et me reniflait furieusement. J'ai voulu faire un pas en arrière, mais elle m'a retenue d'une main de fer : la force des Gnomes dont m'avait parlé Brisiel était indéniable. Elle m'a soudain relâchée en fronçant le nez d'un air perplexe.

– C'est étrange, ton odeur est un mélange tout embrouillé. Tu pues l'humain, mais pardessous je reconnais le parfum écœurant des Sylphides. Le résultat est vraiment dégoûtant ! D'où sors-tu, monstrueuse créature ?

Elle m'examinait avec un tel mépris que je m'en suis sentie vexée. Je n'osais pourtant pas me rebiffer, car je me souvenais que Brisiel m'avait conseillé de ne pas provoquer les Gnomes, aussi me suis-je contentée de répondre le plus courtoisement que j'ai pu :

– J'ai rendez-vous avec Brisiel.

À cet instant, une nuée de silhouettes blanches est apparue, glissant entre les arbres. À mes côtés, la Gnomette s'était éclipsée comme par magie, me laissant seule. Une dizaine de Sylphides se sont délicatement posées autour de moi, Brisiel en tête. En regardant mieux, je me suis aperçue que le groupe était constitué en partie de Sylphes, à peine différenciables de leurs compagnes : ils étaient enveloppés de la même tunique vaporeuse, dotés des mêmes ailes, et portaient eux aussi les cheveux longs et flottants. Les seuls signes distinctifs étaient leur poitrine plate et leur carrure plus étoffée.

– La voilà, a dit Brisiel en me désignant. Je vous présente… au fait, comment t'appelles-tu ?

J'ai décliné mon nom d'une voix peu assurée. Puis j'ai dû exhiber mon dos pour que tous puissent examiner mes ailes. L'une des Sylphides, qui paraissait le chef de la troupe, s'est exclamée :

– Étonnant, étonnant, c'est le deuxième cas qu'il m'est donné de voir. L'autre, c'était il y a cent cinquante ans environ, vous êtes trop jeunes pour l'avoir connu, mais moi j'étais enfant et je me souviens très bien de lui : un certain Finrod, qui avait les mêmes ailes rétractiles. Sa mère avait aimé un humain, un poète célèbre paraît-il chez eux. Elle avait néanmoins choisi de rester parmi nous avec son fils.

J'ai ouvert de grands yeux : cent cinquante ans ? La Sylphide qui avait parlé avait l'air, comme toutes les autres, d'une jeune fille de mon âge. Les questions se pressaient dans ma tête sans que j'ose les poser.

– En revanche, a poursuivi la Sylphide, je pense que vous devinez tous qui est cette jeune hybride : l'histoire n'est pas si ancienne…

– Tu veux parler de Sadiel ? a demandé un Sylphe. Cette malheureuse qui…

Une soudaine agitation s'était emparée du groupe : battements d'ailes, soupirs, gémissements, et le Sylphe s'est interrompu. J'étais dévorée de curiosité. Pour la première fois, j'approchais le secret de ma naissance.

– Sadiel, c'est... ma mère ? ai-je réussi à murmurer.

Brisiel s'est penchée vers moi avec un sourire apitoyé.

– C'était ta mère, en effet. Elle n'est plus.

J'ai réprimé un cri pour continuer :

– Que lui est-il arrivé ? Je vous en supplie, dites-moi.

Brisiel s'est tournée vers la Sylphide la plus ancienne.

– C'est une bien triste histoire, que je n'ai guère envie d'évoquer, a dit cette dernière, mais je pense que tu as le droit de la connaître. Ta mère, Sadiel, était extrêmement jolie et séduisante, au point qu'un Salamandre s'était épris d'elle, ce qui se produit de temps en temps dans la forêt. En règle générale, quand l'une d'entre nous est ainsi distinguée, elle en est flattée et accepte sans hésiter, ce qui la fait devenir Salamandre. Mais, à la surprise de tous, Sadiel a repoussé les avances de Tahur. Elle a prétendu qu'elle ne souhaitait s'unir à aucun compagnon, qu'il soit Sylphe ou Salamandre, et, malgré la colère et le dépit de Tahur, les choses en seraient restées là si telle avait été la vérité.

Je n'ai pu m'empêcher d'intervenir :

– Mais la vérité c'est qu'elle aimait un humain, c'est ça ?

– Hélas ! a continué la Sylphide. Je ne sais quel caprice bizarre l'avait amenée à se laisser séduire par un de ces êtres grossiers et sans grâce. Elle nous a avoué par la suite qu'ils ne s'étaient rencontrés qu'une fois. L'homme a probablement cru avoir rêvé. Malheureusement pour Sadiel, cette unique rencontre a eu des conséquences funestes.

– Je suppose que vous voulez parler de moi, l'ai-je interrompue, un peu piquée.

– Oui, un bébé qui selon toute probabilité n'est autre que toi, m'a-t-elle jeté d'un air méprisant et accusateur, comme si j'étais responsable de ce qui s'était passé.

Mais que s'était-il vraiment passé ? C'est ce que je voulais savoir. Faisant abstraction du ton désagréable de la Sylphide, j'ai demandé :

– Qu'est-il arrivé à Sadiel ?

Je n'arrivais pas à dire « ma mère ». Une autre Sylphide s'est alors détachée du groupe.

– Laisse-moi lui raconter, Luriel. J'étais là… Lorsque Tahur a eu vent de l'existence de ce bébé, il est entré dans une fureur terrifiante. Sadiel s'était retirée dans un coin écarté de la forêt, car la naissance de cet hybride était mal acceptée par beaucoup d'entre nous. Je faisais partie des quelques compagnes à l'avoir suivie pour l'aider. Quand le Salamandre est apparu, j'avais l'enfant dans les bras, pendant que Sadiel se coiffait. Elle avait perdu ses ailes, car c'est le prix que nous devons payer si nous nous unissons à d'autres créatures que les Sylphes, et elle était encore très affaiblie : donner naissance à un enfant à demi humain est une épreuve terrible à laquelle nos corps ne sont pas préparés. Je dois dire cependant que ton côté Sylphide semblait l'emporter à l'époque et que tu aurais presque pu passer pour un bébé normal si tu n'avais pas pesé aussi lourd… J'en ai encore les bras meurtris en y pensant !

– Vous êtes donc sûre que ce bébé, c'était moi ?

– C'était toi, sans nul doute, jamais je n'ai pu oublier ton étrange odeur, a ajouté la Sylphide en penchant longuement son nez délicat sur mon épaule.

– Et que s'est-il passé alors avec le… Tahur ?

La Sylphide a rejeté en arrière son visage bouleversé.

– Tu sais ce qui se passe lorsqu'un Salamandre entre en fureur, n'est-ce pas ? Non, c'est vrai, tu l'ignores et j'espère que tu n'auras jamais à être comme moi le témoin d'une telle scène. Il s'est approché de ta malheureuse mère, avant même qu'elle ait eu le temps de se relever pour fuir. Nos compagnes avaient déjà disparu, car face à la colère sauvage des Salamandres, la fuite est notre seul salut. Mais ta mère, affaiblie et sans ailes, ne pouvait lui échapper. Quant à moi, alourdie par ton poids, j'ai tout juste pu prendre mon envol jusqu'à la grosse fourche d'un hêtre où je me suis blottie, suppliant les Esprits des airs de n'être pas découverte. Je te l'avoue aujourd'hui, j'ai bien failli te laisser là et disparaître, mais je n'en ai pas eu le cœur.

J'ai murmuré un « Merci » qu'elle n'a pas paru entendre. Elle a continué :

– Depuis mon refuge, j'ai vu Tahur se pencher et, de ses mains brûlantes, se saisir de Sadiel. Le cri atroce de notre pauvre compagne résonnera toujours dans ma mémoire. Quand j'ai rouvert les yeux, elle se tordait de douleur sur le sol, enveloppée par le souffle de feu du Salamandre. Tandis que sa tunique et ses cheveux s'embrasaient, son corps s'est mis à enfler et boursoufler d'une horrible manière. L'air, qui vibrait toujours de ses hurlements, s'est empli d'une odeur de brûlé mêlée à des relents d'une puanteur âcre. Tu t'étais mise à pleurer, mais les hurlements de ta mère couvraient les tiens. C'était si insoutenable que j'ai perdu conscience. Quand je suis revenue à moi, Tahur avait disparu. Au milieu d'un cercle de végétation carbonisée, il ne restait de Sadiel qu'un petit tas de cendres gris pâle avec lequel jouait la brise. Toi, tu t'étais endormie contre moi. Sans te réveiller, je t'ai emportée tant bien que mal jusqu'à la lisière du bois et je t'ai déposée au pied d'un arbre, dans l'espoir que des humains te trouveraient. Te garder dans la forêt était impossible, c'était nous exposer, toi comme nous, à la vengeance de Tahur.

La Sylphide s'est tue. Je tremblais. J'avais souvent imaginé ce qu'il était advenu de ma mère de naissance, j'avais même envisagé l'éventualité qu'elle soit morte, mais comment accepter l'idée d'une fin aussi violente et terrifiante ? Les autres Sylphes semblaient également très affectés par le récit de cette mise à mort : une teinte cireuse avait remplacé l'éclat nacré de leur peau, leurs ailes frissonnaient, leurs yeux s'étaient voilés. J'ai réussi à retrouver un peu de calme pour demander :

– Mais… le coupable de ce crime affreux, il a été puni ?

Luriel a sursauté :

– Puni ? Qui oserait s'en prendre à un Salamandre ? Es-tu folle ?

J'ai crié, sans pouvoir contrôler la pointe d'hystérie qui déformait ma voix :

– Alors il est toujours en vie ? Il est encore ici, dans cette forêt ?

Un frémissement a parcouru le groupe, avant que Luriel ne me réponde :

– Bien sûr, qui l'en aurait chassé, et où serait-il allé ? C'est ici notre domaine, un domaine que les humains n'ont cessé de réduire depuis deux siècles. Quant à être en vie, il l'est encore, bien sûr : il est jeune, soixante ans peut-être.

– Jeune ? À soixante ans ? Combien de temps vivez-vous donc ?

– Pas tant que cela. Plus que les humains, bien sûr, mais il est rare que l'un de nous dépasse les deux cents ans.

– Et… et moi ? ai-je balbutié.

– Tu te demandes combien de temps tu peux espérer vivre ? D'après ce que j'en sais, les rares hybrides de ton espèce ont atteint les cent cinquante ans quand ils sont restés parmi nous. Ceux qui ont rejoint les humains, en revanche, n'ont jamais dépassé cent dix ou cent vingt ans, ce qui a fait d'eux des spécimens d'une longévité un peu exceptionnelle, voilà tout. Et malheureusement pour vous, vous n'êtes pas épargnés par les effets du vieillissement, contrairement à nous. Mais pour en revenir à Tahur, il vaudrait mieux pour toi qu'il ignore ta présence ici. Il t'aurait probablement tuée avec ta mère, si Bagdael ne t'avait pas cachée avec elle dans cet arbre, et aujourd'hui encore, s'il découvrait qui tu es, il n'est pas certain qu'il t'épargne. La colère des Salamandres ne s'éteint pas facilement, et il serait prudent pour toi de te tenir à l'écart de ces bois.

– Mais je suis l'une d'entre vous, ai-je protesté. Comment renoncer à vous revoir, à présent que je sais qui je suis ? C'est impossible !

Luriel m'a regardée d'un air grave.

– Ce qui est impossible, c'est de vivre entre deux mondes. Ta vie est chez les humains, pas ici.

– Et si je décidais d'abandonner leur monde pour vous rejoindre, m'accepteriez-vous ?

À peine avais-je formulé cette question que je l'ai regrettée : je ne me sentais pas du tout prête à abandonner ma vie et à basculer dans leur univers. Mais les Sylphides ne semblaient pas davantage prêtes à m'accueillir.

– Tu es si humaine, m'a répliqué Luriel d'un air songeur. Retourne chez les hommes, c'est beaucoup mieux. Adieu.

Avant que j'aie eu le temps d'esquisser un geste pour les retenir, les Sylphes avaient disparu entre les arbres ; leur envol silencieux avait déplacé un souffle d'air si ténu que les branches des arbres n'en avaient même pas été agitées. En face de moi, il ne restait personne. Du moins c'est ce que je croyais, jusqu'au moment où la grosse souche sur laquelle j'allais me laisser tomber s'est soulevée, reprenant une forme presque humaine. La Gnomette ! Je l'avais complètement oubliée à l'arrivée des Sylphes.

– Eh bien, eh bien, a-t-elle ricané en me toisant du haut de son mètre vingt, mon odorat ne m'avait pas trompée, tu es un monstre, né de la folie de ta mère. Pauvre Sadiel, quelle triste fin, n'est-ce pas ? Inspirer de l'amour à un Salamandre est une chose fort dangereuse, que Nature m'en préserve !

Je n'ai pu m'empêcher d'avoir une moue amusée : la Gnomette me paraissait à l'abri de ce danger, vu son physique. Ma mimique ne lui a pas échappé.

– Qu'as-tu à grimacer ainsi, stupide créature ? Tu ferais mieux de déguerpir d'ici, sans quoi il pourrait bien me prendre fantaisie d'aller toucher un mot de ta présence à Tahur. Lourdaude comme tu m'as l'air, tes chances face à lui ne vaudraient guère mieux que celles d'un lapereau boiteux poursuivi par une famille de renards affamés.

Malgré ses cris et ses sourcils froncés, je n'arrivais pas à me sentir vraiment effrayée par les menaces de la petite bonne femme, mais je ne devais pas me laisser abuser par son allure grotesque : c'était une créature pleine de méchanceté et sans doute plus dangereuse que je ne l'imaginais.

– Tu m'insupportes à tel point que je ne sais ce qui me retient d'aller chercher Tahur. Disparais de ma vue à l'instant, a-t-elle grogné, et tâche de ne pas te retrouver sur mon chemin !

J'ai ramassé mes vêtements et me suis rhabillée prestement sous son œil impatient, tout en cherchant le moyen de l'amadouer un peu.

Il y avait déjà dans ces bois un être puissant qui faisait peser sur moi une menace de mort, je n'avais pas besoin de faire en plus de la Gnomette mon ennemie déclarée.

– Je suis désolée de vous avoir contrariée, ai-je bafouillé. Mais considérez que je ne suis pas responsable de ma naissance.

C'était une banalité évidente, mais la Gnomette a paru surprise.

– Certes, il est vrai... Pas responsable de ta naissance... oui, c'est un fait. Tu es peut-être plus à plaindre qu'à blâmer.

Puis, comme regrettant de s'être un peu radoucie, elle a ajouté de son ton rogue :

– Allez, file avant que je ne change d'avis !

J'ai esquissé une espèce de révérence ridicule et me suis éloignée en courant presque, sans me retourner. Quand je suis arrivée à la maison, Marie-France et Philippe étaient déjà partis.

– Quel dommage, a dit ma mère. Ils voulaient attendre ton retour mais tu as tellement traîné...

J'ai frissonné, je me sentais soudain au bord du malaise.

– Ma chérie, ça va ? Tu n'as pas l'air bien, s'est inquiétée maman.

– Non, c'est rien, j'ai juste marché trop vite pour rentrer et il fait chaud ici.

Jamais comme ce soir-là je n'avais été contente de prendre le train pour Lyon.

9

Quand je me suis retrouvée dans notre appartement en compagnie de Margot, j'ai eu l'impression de m'éveiller d'un étrange rêve. Dans ce décor urbain et familier, ce que je venais de vivre dans la forêt durant les deux jours de week-end m'apparaissait complètement délirant. Ce que j'avais vu, ce qui m'était arrivé était tout simplement impossible. Je devais être victime d'hallucinations, j'étais peut-être en train de sombrer dans la folie. J'ai été tentée d'en parler à Margot et de soumettre à son esprit scientifique et réfléchi mon incroyable histoire, mais je savais qu'elle me trouvait instable et fragile psychologiquement et je ne voulais pas susciter ses moqueries ou, pire, sa compassion. Je me suis donc tue et l'ai écoutée me parler de son week-end avec Théo. Cela ne s'était pas très bien passé, en fait. Il s'était montré peu empressé de la voir, elle le lui avait reproché et ils s'étaient plus ou moins disputés. Elle le sentait distant, avait peur qu'il ne commence à se détacher d'elle. Tout en parlant, elle m'observait d'une façon qui m'a mise mal à l'aise. Je me suis demandé si elle avait des soupçons sur ce qui s'était passé la semaine précédente entre Théo et moi. Peut-être avait-elle parlé à un des invités de la soirée, quelqu'un qui avait surpris le baiser que nous avions échangé. Je ne me sentais pas la conscience tranquille et je suis allée me coucher en me promettant d'éviter Théo à l'avenir.

Le lendemain, j'ai eu beaucoup de mal à suivre les cours. Je me sentais fatiguée, sans énergie, les jambes lourdes. Monsieur Olivieri m'a fait plusieurs remarques désagréables et, à la fin de la répétition de l'après-midi, il m'a demandé de rester un instant.

– Tu n'as pas l'air en forme, tu dois te reposer davantage et ne pas négliger ton alimentation. Tu as maigri ces dernières semaines, tu manques de force. Je te sens fragile sur pointes et tes sauts manquaient vraiment d'élévation. Le rôle est très exigeant, Lucie : si tu veux tenir le coup, tu dois veiller à ta santé !

Il avait raison, mais je refusais de l'admettre et j'ai préféré me faire rassurante :

– C'est juste que je ne me suis pas sentie très bien ce week-end. Ne vous inquiétez pas, je ne vais pas vous décevoir.

– Promets-moi de bien manger, alors !

J'ai promis, ça ne coûte rien. Mais c'était idiot de vouloir me faire manger davantage, alors que je me sentais trop lourde pour bien danser. Il me fallait au contraire être plus légère pour gagner en rapidité, en élévation, et mieux incarner la Sylphide. À présent, je les connaissais, les Sylphides, j'avais pu mesurer leur grâce et leur vivacité, et je savais que j'avais en moi ces qualités. Il suffisait que je les révèle.

Quand j'ai récupéré mon sac au vestiaire, j'ai vu que j'avais un texto de Théo, envoyé en début d'après-midi, et qui me demandait à quelle heure je finissais mes cours. Il était trop tard pour répondre et, de toute façon, j'avais décidé de l'ignorer. Mais j'avais à peine franchi le porche en compagnie d'Audrey que je l'ai aperçu juste en face, assis sur le parapet qui domine la Saône, de l'autre côté de la rue. En me voyant, il a sauté à terre en criant mon nom et j'ai traversé rapidement la rue pour le rejoindre, gênée qu'Audrey soit le témoin de cette rencontre. Au fil de la journée, elle avait observé mes erreurs et mes faiblesses avec une satisfaction mal dissimulée, prenant un air pincé qui signifiait clairement : « Voilà ce que c'est de confier le rôle à quelqu'un qui n'est pas solide ! » Et à présent, elle allait en conclure que si je n'étais pas à la hauteur, c'était parce que j'avais d'autres préoccupations en tête.

– Je t'attendais, a dit Théo bêtement, car je me doutais bien qu'il n'était pas venu là dans le seul but de regarder couler la Saône. Tu veux pas venir boire un café ?

J'étais furieuse qu'il m'ait ainsi tendu un piège et j'ai répondu peu aimablement :

– Merci, je préfère rentrer. Je suis fatiguée, j'ai eu une mauvaise journée.

Mais il a insisté, me souriant d'un air engageant. Et j'ai fait l'erreur de laisser mon regard s'attarder sur ce sourire, et sur les étranges plis verticaux qu'il creusait dans ses joues de façon irrésistible. J'ai accepté de le suivre jusqu'à un bar où traînaient souvent les élèves du Conservatoire, mais j'étais mal à l'aise et ne savais que lui dire. Il restait silencieux lui aussi, se contentant de me sourire d'un air embarrassé. J'ai commandé un thé et le patron a déposé devant moi une tasse en verre à demi remplie où le sachet déjà trop infusé avait produit une infâme décoction de la couleur du café. Théo buvait une bière et nous n'avions pas échangé un mot. Je n'avais pas la moindre idée de la façon dont rompre le silence gênant qui s'était installé. Enfin, il s'est décidé à parler :

– Tu sais… heu… l'autre soir, j'y ai repensé. Tu as dit que c'était une bêtise, que j'avais trop bu, mais je crois pas. J'aimerais bien qu'on… j'aimerais te connaître mieux, quoi.

Je mentirais si je disais que je ne m'étais pas attendue à ce genre de déclaration. Et je mentirais aussi si je disais que je n'ai pas été heureuse de l'entendre. J'ai essayé de ne pas le montrer et j'ai demandé :

– Et… et Margot ?

Théo a soupiré.

– On va dire que c'était une erreur. Je la trouve super sympa, et je reconnais qu'elle est même plutôt bien physiquement, mais… Elle me fait pas rêver, voilà.

J'ai cherché quelque chose à répondre, je n'ai pas trouvé. Il a tendu le bras par-dessus la table et m'a saisi le poignet, qu'il a encerclé entre son pouce et son index.

– Comment peut-on avoir des poignets aussi fins ? a-t-il dit en souriant. On aurait presque peur de te casser.

Son pouce s'est mis à caresser doucement l'intérieur de mon poignet, en suivant la ligne bleutée de mes veines. Mon cœur semblait avoir doublé de volume dans ma poitrine. J'ai fini par retirer ma main.

– Je dois rentrer, maintenant. J'ai mal dansé, aujourd'hui, il faut que je me repose si je veux être plus en forme demain.

– Tu veux bien qu'on se voie ?

– C'est pas possible… Margot…

Il m'a regardée droit dans les yeux.

– Je vais lui dire que c'est fini.

– Mais même… on habite ensemble, elle et moi, je te rappelle. Comment est-ce qu'on pourrait se voir ? Et puis elle ne me pardonnerait pas si… Non, je peux pas lui faire ça.

– On pourrait se voir ailleurs. J'habite pas loin d'ici, en fait.

– Non, non, vraiment. C'est compliqué pour moi, en ce moment, j'ai d'autres soucis en tête. Ne perds pas ton temps avec moi.

Le sourire de Théo avait disparu, effaçant les plis de ses joues. Il avait l'air d'un petit garçon à qui on vient de crever son ballon. J'ai eu soudain envie de le réconforter, de faire renaître son sourire, mais j'ai alors pensé à la scène de la forêt, à la menace qui pesait sur moi, à ma nature monstrueuse. Je ne pouvais mêler personne à cette histoire, lui moins que tout autre. Je me suis levée vivement et je lui ai demandé de ne pas me raccompagner. Dans l'état de confusion où j'étais, une scène avec Margot était la dernière chose dont j'avais besoin.

Arrivée à l'appartement, je me suis enfermée dans la salle de bains dans le but d'observer mes ailes. Sans doute parce que j'étais trop épuisée, j'ai eu du mal à les faire se déployer. Elles m'ont paru ternes et sans vie et se sont repliées au bout de quelques minutes. J'ai eu beau m'efforcer ensuite de les faire réapparaître, mon dos est resté obstinément lisse. J'ai entendu Margot rentrer, mais elle est allée directement dans sa chambre. Quand elle en est ressortie, elle avait sa tête des mauvais jours et je me suis bien gardée de la questionner sur sa journée, ou de lui parler de la mienne. Je ne pouvais m'empêcher de me sentir horriblement coupable et je suis partie me coucher le cœur lourd.

La répétition du lendemain s'est mieux passée. Matthieu, mon partenaire, était venu pour que nous commencions à travailler les pas de deux. C'était un danseur déjà plein d'assurance et je me suis sentie tout de suite en confiance avec lui. Je n'avais que peu d'expérience des pas de deux, vu le petit nombre de garçons au Conservatoire, mais grâce à lui je ne me suis pas trop mal débrouillée. De son côté, il appréciait ma légèreté qui lui facilitait grandement les portés. Pour une première séance, le résultat n'était pas mauvais et Monsieur Olivieri semblait presque satisfait. Matthieu et moi avons quitté le Conservatoire ensemble et nous sommes attardés un moment à discuter sur le trottoir. Très gentiment, il a répondu à mes questions sur les concours de recrutement, les auditions, les contrats. Il ne m'a pas caché que je devrais encore travailler beaucoup pour espérer être engagée dans une compagnie. Chez les filles, la concurrence est terrible. Pour lui, ç'avait été un peu moins difficile, les candidats étant infiniment moins nombreux. Je le trouvais vraiment sympathique, et je lui ai dit que j'étais très contente de l'avoir pour partenaire. Nous nous sommes quittés bons amis et c'est le cœur léger que je m'apprêtais à aller prendre mon tram quand Théo a surgi à mes côtés. J'ai eu l'impression d'avoir été surveillée, et je trouvais ça désagréable. Je pensais lui avoir clairement fait comprendre qu'il ne pouvait rien se passer entre nous, pourquoi insistait-il ? La bonne humeur que j'éprouvais après la répétition s'était évaporée, par sa faute. Il m'a abordée d'une façon presque agressive.

– Ne prends pas cet air d'animal traqué en me voyant, c'est pas la peine, je vais pas t'embêter longtemps. Je voulais juste te signaler, avant que tu rentres, que j'ai cassé aujourd'hui avec Margot, c'est tout.

Il m'a fallu quelques secondes pour digérer la nouvelle et réussir à demander :

– Comment elle l'a pris ? Tu n'as pas parlé de moi, j'espère ?

– Elle l'a pas bien pris, c'est sûr, mais en même temps ça faisait un moment que ça n'allait plus très fort entre nous… Et non, j'ai pas parlé de toi. Pour dire quoi, d'ailleurs ? Que tu as « d'autres soucis » en tête, comme tu m'as dit hier ? Je suppose que le beau gosse avec qui tu étais fait partie de tes « soucis » ?

– Mais non. Qu'est-ce que tu insinues ? C'est juste mon partenaire.

– Ça va, ça va, pas la peine de te justifier. Je voulais juste t'informer, pour Margot et moi. Ça te fera sûrement pas changer d'avis, mais moi, au moins, je suis clair ! Bon, j'y vais, tu as mon numéro de portable, si jamais...

Il avait pris un visage dur, et j'ai senti une angoisse douloureuse me serrer la poitrine à l'idée que nous allions nous quitter ainsi, pour ne plus nous revoir sans doute. Si c'était fini entre lui et Margot, quelle occasion aurions-nous de nous rencontrer ? Il a tourné les talons et j'ai failli le rappeler mais je suis restée sans voix, plantée comme une idiote sur le trottoir à regarder s'éloigner le seul garçon qui se soit jamais intéressé un peu sérieusement à moi.

Je suis rentrée en traînant le long des rues, regardant sans les voir les vitrines, entrant parfois dans une boutique pour examiner vaguement des vêtements dont je n'avais que faire, dans l'unique but de retarder au maximum le moment où je retrouverais Margot. J'ai malgré tout fini par pousser la porte de notre petit appartement. Margot était recroquevillée sur le canapé, les yeux rouges, et se rongeait frénétiquement les ongles.

– Théo et moi, on a cassé, m'a-t-elle lancé sans me regarder avant même que j'aie eu le temps de la saluer. Enfin, il m'a larguée, plutôt, ce salaud !

Il valait mieux qu'elle n'ait pas tourné les yeux vers moi à cet instant car j'avais du mal à me donner une contenance.

– Oh… heu… je suis désolée… c'est… c'est dommage, ai-je bafouillé.

Comme c'est souvent le cas avec les personnes qui ont du chagrin, elle s'en est arrachée un instant pour se défouler sur la cible présente : moi.

– Pas la peine d'avoir l'air désolé, non ! Je sais bien que ça t'énervait qu'il vienne ici. De toute façon, qu'est-ce que tu peux comprendre aux problèmes de cœur des autres, putain, toi, tu penses qu'à la danse, on dirait que t'en as pas, de cœur !

J'ai encaissé sans rien dire. Elle avait de la peine et je la plaignais. Contrairement à ce qu'elle disait, je pouvais parfaitement comprendre ce que c'était d'avoir suscité l'amour d'un garçon comme Théo, et de l'avoir perdu.

Quand je suis sortie du Conservatoire le jour suivant, je n'ai pu m'empêcher de chercher Théo des yeux. Est-ce que je craignais de le voir apparaître ? Ou que je l'espérais ? Il n'était pas là, ni ce jour-là, ni les derniers jours de la semaine. J'ai réussi à me persuader que c'était mieux ainsi, pour tout le monde.

10

J'ai été tentée de passer le week-end à Lyon, en ne m'avouant qu'à moitié que j'espérais me créer ainsi une possibilité de revoir Théo en l'absence de Margot qui, elle, rentrait chez ses parents à Grenoble. Mais finalement j'ai pris comme d'habitude le train le vendredi soir.

On était dans les derniers jours de février et le temps avait incroyablement radouci dans la semaine, laissant entrevoir la fin de l'hiver. Quand je me suis réveillée le samedi, un rai de lumière sur mes rideaux sombres laissait deviner qu'un beau soleil brillait dehors. Ma mère était déjà au jardin, armée d'un sécateur et flanquée de sa brouette. J'avais décidé d'éviter la forêt durant ces deux jours, et de m'en tenir au parc : je n'étais plus sûre à nouveau que ces histoires d'ailes et de Sylphides soient rien d'autre que des hallucinations. Si c'était le cas, pourquoi aller m'exposer à retomber dans ce délire inquiétant ? Et si en revanche tout cela était réel, je devais suivre les conseils de Luriel et ne pas tenter de quitter mon monde pour le leur. Même s'il était vrai que j'étais pour moitié l'une d'elles, je ne voulais pas abandonner ma part d'humanité et me couper des hommes.

Je pouvais continuer à vivre normalement, en dissimulant mon origine monstrueuse. Il suffisait que je sois entourée d'humains pour que mes ailes restent cachées et j'arriverais sans doute, à force de volonté, à les empêcher d'apparaître même quand j'étais seule. J'avais le pressentiment que si je me laissais entraîner à rejoindre le monde de la forêt, je courrais à ma perte.

J'ai donc tenu compagnie à ma mère un moment, feignant de m'intéresser aux bourgeons des lilas, aux tulipes qui commençaient à pointer, au sauvetage du vieux rosier grimpant abîmé par la neige, sujets qui la passionnaient mère mais m'ennuyaient profondément. Tout en bavardant, elle remplissait sa brouette de branches taillées, de tiges sèches, de feuilles mortes.

– Tu veux bien aller me jeter ça sur le feu, près du potager ? m'a-t-elle demandé. Je l'ai rallumé tout à l'heure, je pense qu'il brûle encore.

J'ai poussé la brouette jusqu'au fond du parc. Ce que ma mère appelait « le potager » était un coin plus ou moins à l'abandon où de vieux buissons de cassissiers et de framboisiers s'obstinaient à donner en été une poignée de fruits, à côté de quelques rangées de salades envahies de mauvaises herbes. Le feu ne flambait plus, mais il restait des braises et il a suffi que je jette dessus une brassée de feuilles sèches pour que des flammes vives se remettent à danser. J'ai ajouté ensuite le petit bois qu'elles ont dévoré avec ardeur. Je jouais à enflammer une baguette de noisetier lorsque le sentiment d'une présence m'a fait soudain lever la tête. De l'autre côté du feu se tenait un homme. Enfin, un homme... J'ai compris immédiatement que cette créature était un Salamandre. Il était grand, mince, et tout vêtu de noir. Ses cheveux d'un brun aux reflets roux formaient sur sa tête une sorte de crête épaisse. Son nez long et fin, ses lèvres pleines, son teint lisse et pâle auraient pu donner à sa physionomie quelque chose d'un peu féminin, si sa mâchoire carrée et ses pommettes osseuses n'avaient corrigé cette impression. Mais ce qui était le plus frappant dans ce visage, et à vrai dire le plus effrayant, c'étaient ses yeux. L'expression « des yeux de braise » semblait avoir été inventée pour lui : c'était un regard sombre, qui vous brûlait, un regard que je n'ai pu soutenir qu'un bref instant. Je me suis tournée vers le feu qui, brusquement, crépitait avec violence, lançant des flammes et des étincelles rageuses deux fois plus haut qu'avant. Le feu n'était-il pas l'élément des Salamandres ? Mon petit brasier avait dû l'attirer hors de la forêt jusque dans le parc. Cette idée m'a terrifiée : j'avais imaginé que ces créatures sylvestres ne s'aventuraient pas au-delà des limites de la forêt et qu'il me suffisait de m'en tenir éloignée pour les éviter, mais rien apparemment ne les empêchait de s'approcher au plus près des maisons des hommes. Je ne pouvais pas leur échapper aussi facilement que je croyais. J'ai voulu m'enfuir en courant pour rejoindre ma mère mais je suis restée clouée sur place, tétanisée par la peur. Le Salamandre avait croisé les bras sur sa poitrine et m'examinait, un sourire ambigu aux lèvres.

– Tu n'es pas aussi jolie que ta mère, a-t-il fini par déclarer.

Sa voix rauque était chargée de menace et m'a fait tressaillir. Il a continué :

– Certainement ton ascendance humaine… Quelle pitié ! Si ta mère n'avait pas été aussi sotte… Mais tu lui ressembles cependant beaucoup. Oui, tu es belle, aussi, malgré ton origine impure, ou peut-être même à cause d'elle. Cela te donne… comment dire… une sorte de séduction vénéneuse… l'attrait de la fange, en quelque sorte.

Tout en parlant, il s'était mis à contourner le feu pour s'approcher de moi. Ses paroles ne me laissaient aucun doute : c'était Tahur, le meurtrier de Sadiel, ma mère Sylphide. Son apparence de jeune homme m'avait empêchée de le deviner dès l'abord, mais je devais me souvenir que l'âge n'a pas de prise sur les créatures de la forêt. J'ai commencé à reculer en tremblant. Je repensais avec terreur à la mise à mort atroce de Sadiel. Il semblait prêt à bondir sur moi et je savais que j'étais incapable de lui échapper. J'ai réussi à puiser au fond de moi la force de hurler :

– Maman ! Maman !

– Ta mère est morte, a ricané le Salamandre, réduite en cendres, pfft !

Et, d'un claquement de doigts, il a fait jaillir une gerbe d'étincelles. Heureusement pour moi, ma mère bien humaine et bien vivante m'avait entendue et elle a crié en retour :

– Lucie ? Ma chérie ? Qu'est-ce qu'il y a ?

Une fraction de seconde, j'ai tourné la tête dans la direction de la voix et déjà Tahur avait disparu. Ma mère a déboulé au détour de l'allée, courant à moitié, son sécateur à la main.

– Qu'est-ce qui t'arrive, tu t'es brûlée ?

Le feu était retombé, les branches que j'y avais jetées étaient consumées. J'ai secoué la tête pour dire non. Je n'arrivais pas à parler. Je tremblais, et j'ai commencé à pleurer. Ma mère a lâché son sécateur et s'est précipitée pour me prendre dans ses bras. J'avais une terrible envie de tout lui dire, mais c'était impossible : comment m'aurait-elle crue ? Et puis je ne voulais pas la bouleverser. Pour elle, j'étais sa fille, jamais elle ne pourrait admettre que j'appartenais en partie à un autre monde. Je devais garder mon secret.

– C'est rien, excuse-moi. Un grand coup de vent a attisé le feu, j'ai paniqué, c'est bête !

Ma mère a secoué la tête d'un air inquiet.

– Tu es sur les nerfs, avec ces fichues répétitions. Tu te surmènes… tu devrais te reposer, mieux manger. Tu as encore maigri, j'ai l'impression. Tu t'es pesée ?

J'ai menti :

– Je suis à 44, comme d'habitude.

– Tu es sûre ? Tiens, à propos, tu as envie de quoi ce midi ? Hier ton père a pris des coquilles Saint-Jacques pour toi, ça te dit ? Flambées au cognac ? Avec un peu de riz ?

J'ai dit oui à tout et je suis allée me réfugier dans la maison. J'ai passé l'après-midi à visionner une fois de plus le DVD de *La Sylphide* pour ausculter dans ses moindres détails l'interprétation d'Aurélie Dupont. Évidemment sa technique et son style étaient excellents, pourtant je ne pouvais m'empêcher de la trouver quasi lente et lourdaude quand j'évoquais la vivacité et la légèreté surnaturelles des véritables Sylphides. La plus gracieuse des danseuses ne pouvait en donner qu'une imitation bien imparfaite. Moi seule peut-être, bien qu'étant très loin de posséder le niveau d'une étoile de l'Opéra, serais capable de m'en approcher. Il me faudrait étudier de près mes modèles, gagner en légèreté, apprendre à me servir de mes ailes… ce qui signifiait retourner dans la forêt, alors que je m'étais promis de m'en tenir éloignée et que cela représentait un danger sérieux, comme je venais d'en prendre conscience en me confrontant au Salamandre. Je me sentais déchirée.

Le soir, Philippe est passé prendre l'apéritif et s'est mis au piano que mes parents s'obstinaient à garder au salon, bien que je leur aie déclaré que je n'en jouerais jamais plus. Comme une faveur à mon égard, je suppose, il a joué le thème principal du *Lac des cygnes*, qui m'a toujours paru insupportablement pathétique et bouleversant. J'aurais voulu fuir dans ma chambre mais je n'ai pas osé et je suis restée le nez collé à la fenêtre, tâchant de retenir les larmes stupides que je sentais monter. C'est alors que j'ai soudain aperçu, sous les branches du gros cèdre, une étincelle semblable à celle d'un briquet qui, au lieu de produire une petite flamme, a paru se démultiplier en une gerbe lumineuse, éclairant violemment durant quelques secondes un visage long et pâle dans lequel brillaient deux yeux pleins de reflets. J'ai laissé échapper un petit cri qu'heureusement la musique de Tchaïkovski a couvert. Sous le cèdre, l'obscurité était revenue. Philippe a plaqué les derniers accords et j'en ai profité pour m'éclipser.

Le dimanche, il a plu presque tout le jour. J'ai dormi très tard, contrairement à mon habitude, et l'après-midi s'est traîné dans un ennui morne : mon père faisait ses comptes, ma mère avait entrepris de réorganiser ses placards de cuisine. Je suis restée blottie sur le canapé du salon, zappant devant la télé sans réussir à fixer mon attention. Quand est venue l'heure de partir pour la gare, je me suis sentie soulagée.

11

J'étais heureuse de retrouver la ville, l'appartement, et même Margot. Et aussi de me sentir proche de Théo, même si j'avais perdu l'espoir de le revoir de sitôt.

Je me suis lancée dans le travail avec encore plus d'acharnement que d'habitude. J'avais sans cesse à l'esprit l'image des Sylphides : c'est vers cela que je devais tendre, même s'il m'était impossible d'égaler leur grâce. Je me surveillais sans relâche dans le miroir, m'efforçant de monter mon arabesque, de donner plus de moelleux à mes bras, plus de légèreté à mes sauts, plus de vivacité à ma batterie. Mais mon corps semblait rétif, gauche, à côté de la mesure. J'avais du mal à passer deux tours, mes pointes manquaient de solidité, je m'essoufflais au bout d'une courte série d'entrechats. Les regards soucieux que me jetaient Monsieur Olivieri ajoutaient à ma nervosité, m'entraînant à commettre d'autres bévues. Un jour, après le cours, ce devait être vers le milieu de la semaine, il m'a prise à part :

– Lucie, je t'ai choisie parce que je suis persuadé que tu peux être une excellente Sylphide : ta danse dégage ce côté à la fois séducteur et innocent du personnage et puis tu as l'allure qu'il faut, romantique… vaporeuse, je dirais. Le problème, c'est qu'il te manque un peu de technique pour aborder le rôle, je le savais, mais tu devrais y arriver avec du travail, à condition que…

Je l'ai interrompu :

– Je suis juste un peu fatiguée, cette semaine, je vais me reprendre.

– Oui, je vois que tu n'es pas très en forme, et ça m'inquiète. Tu dois absolument récupérer des forces, et pour ça il faut manger. Si tu maigris, ce sont tes muscles qui vont fondre, tu ne pourras plus danser.

– Mais je mange normalement ! Je me surveille un peu, c'est tout. C'est normal pour une danseuse.

J'ai bien vu à son air dubitatif qu'il ne me croyait pas. Il était comme ma mère, il pensait que j'étais en train de devenir anorexique. Moi, je savais bien que ça n'avait rien à voir : n'était-ce pas me conformer à ma nature même que de chercher à m'alléger ?

– En tout cas, je ne veux pas te voir en cours demain, a poursuivi Monsieur Olivieri. Reste chez toi, repose-toi, mange. Je sais combien ce rôle est important pour toi, tu ne voudrais pas risquer de le perdre, n'est-ce pas ?

Perdre le rôle ? La panique m'a envahie. Monsieur Olivieri a dû voir mon visage se décomposer : lui qui était d'ordinaire si brusque avec nous m'a mis gentiment la main sur l'épaule en ajoutant :

– Tu es exigeante avec toi-même, et c'est bien. Mais il ne faut pas non plus aller au-delà de tes forces. Ton corps, c'est ton outil de travail, tu dois l'aimer et le ménager. C'est comme un cheval que tu dresses : si tu le soignes mal, si tu l'épuises et le cravaches sans cesse, il va finir par se rebeller ou s'effondrer sous toi. Sois ferme avec lui, nourris-le bien, accorde-lui des moments de repos et de détente, et tu verras que tu en tireras le maximum. Allez, trois jours de repos et lundi tu me reviens en forme, d'accord ?

J'ai tâché de sourire pour le remercier de ses encouragements, mais j'avais plutôt une furieuse envie de pleurer. Non, mon corps n'était pas ce fidèle compagnon qu'il évoquait, ni un outil maniable ni un animal docile qu'il me fallait ménager. Mon corps était le théâtre d'expériences douloureuses et d'étranges métamorphoses que je ne contrôlais pas, il refusait de m'obéir, il me trahissait. C'est par lui que j'étais vulnérable, c'est lui qui recelait mes plus sombres secrets.

Je sortais du Conservatoire la tête basse, accablée de lassitude et de tristesse, quand mon portable a sonné. Le numéro de Théo s'était affiché. J'ai hésité un moment, puis j'ai répondu : j'avais besoin d'entendre une voix amie.

– J'avais peur que tu décroches pas, a-t-il dit précipitamment. Je… écoute, j'aimerais qu'on se voie, tu veux bien ? Maintenant ?

– Non, il vaut mieux pas, je crois, et puis là, je suis vraiment crevée, je sors juste du Conservatoire.

– Oui, je sais. Attends, traverse pas tout de suite !

– Mais t'es où ?

J'ai levé la tête et je l'ai aperçu, juste en face, appuyé au parapet. J'avais envie de le rejoindre mais je me sentais trop mal pour me confronter directement à lui. Je ne savais pas comment le maintenir à distance. Pourtant il le fallait : dans l'état où j'étais, après tout ce qui venait de m'arriver, je n'étais pas prête à le laisser se rapprocher de moi.

– Je t'en prie, ai-je crié dans mon téléphone, il faut me laisser tranquille, n'attends rien de moi, je ne peux pas !

Tout en parlant, je me suis éloignée en direction du pont avant de me lancer à travers la rue, profitant d'un intervalle entre deux voitures. Mais je n'avais pas surveillé la piste cyclable et c'est un vélo qui m'a percutée. Je me suis retrouvée à terre, le côté gauche douloureux, le collant arraché aux genoux, plus ou moins emmêlée avec la machine et le cycliste. Le type s'est relevé, furieux, et s'est mis à récriminer violemment contre mon inconscience tout en redressant son vélo. C'était trop, j'avais mal, on me hurlait dessus ; toujours assise sur la piste, j'ai fondu en larmes. Le cycliste s'est aussitôt calmé, il avait l'air embêté, hésitant à reposer son engin pour venir m'aider. Il n'en a pas eu besoin. Deux mains se sont glissées sous mes aisselles et m'ont relevée. C'était Théo. Je me suis remise sur mes pieds et je l'ai laissé me serrer contre lui. La tête enfouie contre son épaule, je me suis abandonnée un instant avant de refouler mes larmes. Penché vers moi, il me murmurait des phrases apaisantes : « Ça va ? Tu as mal ? C'est rien, va c'est rien. » Puis, comme le cycliste protestait que c'était ma faute, je l'ai senti relever la tête pour s'écrier :

– Bon, OK, elle vous avait pas vu, c'est tout ! Vous auriez pu rouler moins vite, aussi !

Je me sentais à l'abri dans les bras de Théo mais j'ai fini par me dégager doucement. Ce n'était pas bien de le laisser croire que quelque chose était possible entre nous.

– Tu n'as rien de cassé ? Tu peux marcher ? m'a-t-il demandé.

La note d'inquiétude sincère dans sa voix m'a rempli à nouveau les yeux de larmes. J'ai fait deux ou trois pas, ai examiné mes genoux, me suis palpé les côtes. J'avais mal au côté gauche, là où le guidon m'avait probablement cognée, mais je ne pensais pas avoir de côte fêlée. Je me sentais surtout sonnée, ce petit accident avait fini de me secouer. Mes jambes flageolaient, la tête me tournait un peu.

– Tu as besoin de te poser, a dit Théo, t'es pas en état de prendre le tram. Tu veux aller au bistro ?

J'ai secoué la tête : non, je n'avais pas la moindre envie de m'asseoir dans ce café crasseux et bruyant sous l'œil curieux d'élèves du Conservatoire. Théo a repris :

– Je te l'avais dit, j'habite pas loin. Si tu veux, tu viens te reposer un peu chez moi et quand ça ira mieux, je te raccompagne. D'accord ?

Je savais que je ferais mieux de ne pas accepter, mais je ne me sentais pas capable pour l'instant de rentrer chez moi. Accrochée à son bras, je me suis mise en route en luttant contre ma sensation de vertige.

Son studio se trouvait en effet à quelques rues, de l'autre côté du pont. Ses parents habitaient loin du centre, dans une banlieue résidentielle chic, et ils lui avaient acheté ce petit appartement pour qu'il soit plus près de la fac de médecine. Le studio était plutôt en désordre, mais il faut dire que je suis une maniaque de l'ordre et que deux pulls et trois livres qui traînent, c'est déjà le bazar à mes yeux. Chez Théo, cela restait raisonnable : des piles de cours en équilibre instable à côté de l'ordinateur, le lit pas fait, de la vaisselle sale dans l'évier, des vêtements en boule sur une chaise. Au mur, il y avait des posters de musiciens dont je n'avais bien évidemment jamais entendu parler, et de belles photos en noir et blanc prises en Afrique. Théo a débarrassé la chaise pour que je m'y installe, s'est activé pour ranger un peu, a plus ou moins tenté de lisser la couette et m'a proposé de m'allonger un instant. Je me sentais déjà gênée d'être chez lui, alors m'allonger sur son lit, non, je ne voulais pas. Comme toujours, il a insisté :

– Assieds-toi confortablement, au moins, a-t-il dit en disposant un coussin contre la tête de lit. Tu veux quelque chose à boire ? Allez, viens t'installer !

Je voyais qu'il s'agitait pour masquer son embarras. J'ai accepté de m'asseoir sur le lit, le dos calé contre le coussin et j'ai bu le jus d'orange qu'il m'a apporté. Puis il s'est penché sur mes jambes.

– Fais voir tes genoux… Tu t'es bien égratignée, quand même ! Je vais te nettoyer ça.

J'ai voulu protester mais il ne m'a pas écoutée.

– Laisse-moi faire, n'oublie pas que j'étudie la médecine, j'ai besoin de travaux pratiques. Et t'inquiète pas, mon désinfectant pique pas. Tu ferais mieux d'enlever ton collant, de toute façon il est foutu.

Il est parti chercher à la salle de bains de quoi me soigner. Je n'avais pas envie d'ôter mon collant, j'ai horreur d'être jambes nues. Bien sûr, la tenue de danse révèle le corps, mais elle dissimule la peau. Gainée d'un collant et d'un justaucorps, je me sens protégée et jamais indécente, alors que me mettre en maillot de bain me coûte un gros effort. Mais avec ces deux grosses déchirures aux genoux, je n'avais pas le choix : j'ai donc fait glisser mon collant et j'ai tiré ma jupe le plus bas possible sur mes cuisses. Théo est revenu avec le matériel suffisant pour soigner trois blessés de guerre et a entrepris de nettoyer mes écorchures. Le contact de ses mains sur ma peau m'a fait tressaillir, c'était à la fois agréable et insupportable. Il a senti ma nervosité et s'est mis à parler pour me décrisper, comme on devait le leur apprendre en cours, je suppose.

– Je te chatouille ? Je te fais pas mal ? Heureusement que tu t'es rien cassé, hein ?

Oui, heureusement. Me casser une jambe aurait été le pire qui puisse m'arriver à ce moment-là. Théo a fixé deux compresses sur mes genoux. Puis il a posé doucement ses mains sur mes cuisses, juste au-dessus des pansements. J'ai eu un haut-le-corps et me suis reculée précipitamment à l'autre bout du lit. Théo s'est immobilisé, l'air surpris et blessé. Je ne voulais pas le repousser, mais c'était plus fort que moi. Je n'étais pas prête à lui révéler mon secret, j'aurais trop craint sa réaction.

La honte m'a envahie. J'aurais tant aimé être une fille comme les autres, et que les choses soient possibles, mais trop d'obstacles se dressaient entre nous.

– Excuse-moi, ai-je murmuré, mais je…

Il s'est relevé brusquement, le visage fermé.

– Non, toi, excuse-moi. J'ai compris, ça va, je n'insiste pas.

J'ai senti ma gorge se nouer. Il fallait pourtant que je parle, je ne voulais pas qu'il me croie indifférente, alors qu'il était le premier garçon vers lequel je me sois sentie vraiment attirée.

– Non, Théo, c'est que… je vais pas très bien en ce moment. J'ai des soucis, des soucis assez graves… Je peux pas t'en parler, mais ça n'a… enfin, ça n'est pas que tu ne me plais pas, c'est juste que là…

Je bafouillais lamentablement mais c'était ce que je pouvais faire de mieux comme aveu. Dans mon dos, l'emplacement de mes ailes me brûlait. J'ai voulu me lever pour partir ; je n'en avais pas la force. Théo s'est rassis au pied du lit, l'air radouci.

– Si tu as des problèmes, je peux peut-être t'aider… t'écouter au moins. C'est le spectacle qui t'angoisse ? Tu… tu as des problèmes avec ton alimentation ?

Voilà, encore un qui pensait que j'étais anorexique. On ne pouvait pas me laisser tranquille avec ça ? C'était à moi de me débrouiller avec mon corps, je ne voulais pas que les autres s'en mêlent, Théo moins que quiconque. De toute façon, le vrai problème n'était pas là.

– Écoute, j'ai juste besoin de me reposer un peu. Après, je rentrerai.

– OK.

Il s'est installé devant son ordinateur et je me suis laissée aller sur l'oreiller.

Quand je me suis réveillée, il faisait nuit noire. Théo travaillait à son bureau. Je l'ai observé, les yeux mi-clos : penché sur ses cours, il mâchonnait un stylo tout en secouant la tête au rythme d'une musique que devaient lui déverser ses écouteurs. Je me suis demandé ce qu'il écoutait. Je le connaissais si peu, j'ignorais tout de ses goûts, de son histoire, de ses projets. Si j'avais été une fille normale, je me serais glissée derrière lui, je lui aurais caressé la nuque et demandé de me prêter un écouteur. Et puis nous aurions parlé la moitié de la nuit, nous nous serions raconté nos familles, nos jeux d'enfant, nos rêves. Et nous aurions fait l'amour. Mais je n'étais pas une fille normale alors je lui ai tapé sur l'épaule en évitant de regarder sa nuque. Il s'est retourné avec l'air ahuri de quelqu'un qu'on vient d'arracher au sommeil.

– Merci pour tout, vraiment, ai-je dit. Ça va beaucoup mieux, je vais y aller maintenant.

En réalité je ne me sentais pas très bien. À chaque pas la peau écorchée de mes genoux me tiraillait et ma sensation de vertige n'avait pas disparu. Mais il fallait que je rentre. J'ai vérifié mon portable : il était vingt heures passées et j'avais deux appels de maman et un texto de Margot : « T ou ? » J'ai répondu rapidement que j'arrivais.

– Je vais te raccompagner, m'a dit Théo. Je veux pas te laisser partir comme ça.

– Je crois plutôt que je vais appeler un taxi… si tu peux me prêter vingt euros. Je te les renvoie demain.

– Non, pas la peine, tu me les rendras une autre fois. Tu finis à quelle heure demain ?

Décidément, ce garçon ne lâchait jamais. Son insistance me touchait, mais elle me rendait les choses beaucoup plus difficiles.

– Je n'irai pas demain. Mon prof m'avait dit que je devais me reposer et là, avec mes genoux en plus… Je prendrai le train plus tôt pour rentrer chez mes parents.

– À quelle heure ?

– Vers midi et demi, je pense.

– À Perrache ?

– Oui.

Pourquoi est-ce que je lui répondais ? C'était absurde et malhonnête. Je n'avais pas le droit de le laisser s'engager sur cette voie, mais je n'arrivais pas à le repousser clairement. Je n'ai même pas protesté quand il a ajouté :

– J'essaierai d'être là si j'arrive à sortir assez tôt de cours.

J'ai appelé le taxi et Théo m'a accompagnée jusqu'au bas de l'immeuble. Nous ne disions plus rien. Quand l'enseigne lumineuse du taxi est apparue au bout de la rue, j'ai dit :

– Alors bonsoir, et encore merci.

Sans me répondre, il m'a saisie aux épaules et s'est penché pour m'embrasser. Alors que je tendais la joue, il a cherché ma bouche et je ne me suis pas dérobée. Mais une fois dans le taxi, un terrible sentiment de culpabilité m'a submergée, effaçant la douceur délicieuse de ce baiser.

12

En arrivant à la gare de Perrache, je n'ai pu m'empêcher de chercher le visage de Théo dans la foule. Les gens se croisaient dans tous les sens, se gênaient, se contournaient, on aurait cru une chorégraphie réglée par un ivrogne. J'en avais le tournis. Plantée au bout du quai, j'attendais stupidement de voir surgir Théo près de moi. J'étais arrivée avec pas mal d'avance, mais les minutes passaient et il n'apparaissait pas. Pour la dixième fois, j'ai vérifié que j'avais bien dans mon sac l'enveloppe contenant les vingt euros que je devais lui rendre. J'y avais ajouté une petite carte. Après m'être torturé l'esprit pendant une heure à la recherche d'une formule qui pourrait exprimer subtilement ce que je ressentais, j'avais écrit simplement « merci ». Ce qui m'agitait était bien trop compliqué pour que je puisse mettre des mots dessus. J'avais encore le nez dans mon sac quand un bras a entouré mon épaule et qu'un baiser s'est posé dans mon cou. Mon cœur a bondi. De peur, de surprise, de joie ? Les trois, sans doute. Théo, rouge et essoufflé, me souriait, et la joie a pris le pas sur le reste. C'est là, sur ce quai de gare, que j'ai compris que j'étais en train de tomber amoureuse, en dépit de tout. J'ai extirpé l'enveloppe du sac et la lui ai tendue en disant bêtement :

– Tiens, tes vingt euros.

Il a ri.

– Ah, super ! J'étais venu juste pour ça, tu vois !

J'ai bafouillé :

– Les bons comptes font les bons amis.

Comment pouvais-je sortir des banalités aussi stupides ? Je me serais giflée d'être aussi balourde. Théo a répliqué sans cesser de sourire :

– C'est juste. Tu es ma bonne amie, alors ?

J'aurais voulu trouver moi aussi une répartie plus ou moins spirituelle, mais rien ne m'est venu ; je pense que c'est une des raisons pour lesquelles j'aime danser, c'est un moyen pour moi d'exprimer ce que je n'arrive pas à dire. Théo était bavard pour deux : il m'a demandé des nouvelles de mes genoux, de mon bleu au côté, a voulu savoir comment j'avais dormi. Je pense que son bavardage était sa façon à lui de masquer son malaise. Le haut-parleur annonçant le départ de mon train nous a tirés d'embarras.

– Je dois y aller, ai-je dit tout en tendant la main vers la poignée de ma valisette.

Mais Théo m'a devancée et a fait rouler ma valise jusqu'à la portière du wagon. J'aimais qu'il ait ce genre de prévenances, même si ça fait un peu vieux jeu. J'allais monter en voiture quand il m'a retenue par la main et m'a attirée à lui. Je me suis laissé embrasser. « Notre troisième baiser », ai-je pensé. Il se serait volontiers prolongé, mais le signal de fermeture des portières a retenti et j'ai dû m'arracher à l'étreinte de Théo. Tandis que le train démarrait, j'ai fixé mes yeux dans les siens à travers la vitre. Et puis il a glissé sur le côté et disparu. J'étais seule à nouveau, avec mes démons.

À l'arrivée, ma mère m'attendait, dans un état de grande agitation. J'ai eu beau tenter de la rassurer, elle ne cessait de se lamenter sur mes traits tirés, ma maigreur, mes genoux blessés.

– J'ai appelé le docteur Maréchal hier soir. Il m'a promis de passer dans l'après-midi, m'a-t-elle annoncé finalement.

J'ai été prise de panique : et si, en m'auscultant, il s'apercevait de mon anomalie ? J'ai voulu faire annuler la visite, mais ma mère s'est montrée intraitable. Elle avait pris sa demi-journée pour s'occuper de moi et a décrété en arrivant à la maison que je devais me mettre au lit. Rien ni personne n'aurait pu la faire changer de plan et j'ai renoncé à discuter. Le docteur Maréchal était notre médecin de famille, un vieux monsieur très gentil, mais pas forcément très compétent, qui passait cinq minutes à vous examiner puis s'attardait une demi-heure à parler de choses et d'autres. Avant qu'il n'arrive, j'ai remplacé mon soutien-gorge par une brassière de sport plus couvrante qui dissimulait les deux marques de mon dos. Je savais qu'il ne me la ferait pas ôter pour m'ausculter. La visite n'a pas duré longtemps, du moins en ce qui me concernait : il m'a trouvée fatiguée, amaigrie, un peu anémiée, avec une tension un peu basse, et m'a prescrit force vitamines et reconstituants, avant d'aller bavarder au salon avec ma mère. Quand elle est remontée me voir, elle avait l'air moins inquiète.

– Bon, Maréchal t'a prescrit une semaine d'arrêt, a-t-elle déclaré en brandissant le papier avec satisfaction. C'est ce qu'il te fallait pour te reposer vraiment. On va te requinquer, tu vas voir !

– Mais maman, c'est impossible ! On a commencé les répétitions, je ne peux absolument pas. La semaine prochaine je dois travailler mes pas de deux avec le garçon de l'Opéra, mon adage… Si je ne suis pas là, c'est Audrey qui… et puis c'est ridicule, je suis pas malade, juste un peu crevée, c'est tout ! Trois jours, c'est bien suffisant pour récupérer.

– Non, tu dois prendre huit jours de repos, Maréchal a été formel, sans quoi tu risques de t'effondrer. Si tu veux être à la hauteur pour ton ballet, il faut que tu sois en forme. Ça ne sert à rien d'y retourner lundi si c'est pour craquer au bout de quelques jours.

L'argument ne manquait pas de justesse, je devais le reconnaître, mais je n'avais pas du tout envie de passer huit jours loin de Lyon, coincée dans cette maison où je serais seule les trois quarts du temps, avec la proximité inquiétante de la forêt.

– De toute façon, j'ai déjà prévenu le Conservatoire de ton absence, a ajouté ma mère d'un ton péremptoire.

Je n'ai pas protesté davantage. Il est vrai que je me sentais à bout de forces pour l'instant et que j'avais du mal à plier les genoux à cause de mes écorchures. On verrait bien dans quelques jours : si j'allais mieux, rien ne m'empêcherait de retourner à Lyon, même pas ma mère. J'ai envoyé un texto à Théo pour le prévenir. Il m'a répondu que j'allais lui manquer, et de bien me soigner. Lui aussi, il allait me manquer, mais je ne le lui ai pas écrit.

J'ai passé les deux jours suivants au lit. Il faisait un temps très gris, avec des rafales de pluie et de vent, qui n'incitait pas à sortir. Ce n'était pas désagréable de s'abandonner à une vague somnolence, bien au chaud sous la couette. Ma mère ne cessait de m'apporter des plateaux pour m'inciter à manger, des DVD et des magazines pour me distraire. Je m'abrutissais à lire des articles du style « Comment survivre à sa belle-mère » et à regarder des comédies sentimentales dégoulinant de nunucherie.

À intervalles réguliers, je recevais un texto gentil et amusant de Théo, auquel je répondais laconiquement. Je me sentais plutôt un peu rassérénée, même si au fond j'étais consciente que tout cela n'était qu'un écran de fumée derrière lequel mes problèmes restaient tapis, toujours aussi menaçants.

Le dimanche soir, des amis étaient invités, dont Philippe et Marie-France. Je n'ai pas voulu descendre les saluer, mais Philippe s'est fait conduire dans ma chambre pour me dire bonsoir et m'apporter une boîte de bonbons au chocolat.

– Ils viennent de chez Berthier, ce sont les mêmes que je lui donnais en récompense quand elle avait bien travaillé son piano, a-t-il dit à ma mère en riant. Elle les adorait !

Il s'est tourné vers moi :

– Je suis sûr que tu les adores toujours, n'est-ce pas ?

J'ai dit merci du bout des lèvres. J'étais furieuse que ma mère l'ait laissé monter dans ma chambre, j'avais horreur qu'on s'introduise ainsi dans mon espace privé : au moins là, qu'on me laisse tranquille ! Pour le faire partir, j'ai dit d'une voix peu aimable :

– Je suis fatiguée, maman, j'aimerais dormir.

– Oui, oui, bien sûr, s'est écrié Philippe. J'espère qu'on aura l'occasion de se revoir très vite, puisque tu passes la semaine ici. À très bientôt, donc.

J'ai été soulagée quand la porte s'est refermée, mais le sentiment de douce tranquillité que j'éprouvais depuis deux jours était gâché. J'ai jeté la boîte de chocolats à la poubelle.

Le lundi matin, mes parents sont partis au travail et je me serais sentie seule et inquiète dans la grande maison si la femme de ménage n'était pas arrivée. J'ai encore traîné au lit toute la matinée, fuyant les pensées qui m'angoissaient à l'aide d'une pile des vieux DVD préférés de mon enfance. À midi, Mme Félix m'a monté mon repas avant de s'en aller, puis j'ai reçu un coup de fil de ma mère qui voulait s'assurer que tout allait bien. Je me sentais mieux, en effet : mon corps surmené avait récupéré des forces durant ces journées passées à me vautrer sur un lit et à ingurgiter de la nourriture. Je n'avais pas l'habitude d'une telle inactivité physique et le manque d'exercice commençait à me peser. Interrompre l'entraînement n'est pas bon pour les danseurs. Comme le disait Monsieur Olivieri : « Tu arrêtes les cours une semaine, le spectateur s'en aperçoit ; trois jours, le professeur s'en aperçoit ; un jour, tu t'en aperçois. » J'avais l'impression de devenir aussi molle et bouffie que les oreillers sur lesquels je me calais, il fallait que je bouge.

Il faisait encore gris, mais le vent et la pluie s'étaient calmés, et j'ai décidé de sortir. J'ai enfilé une tenue de jogging et je suis partie en direction du stade. J'avais oublié qu'en semaine les lieux étaient investis par les scolaires et j'ai dû faire demi-tour. Je me suis mise à trotter sur le chemin qui fait le tour du nouveau lotissement. Je ne voulais pas m'approcher de la forêt. Pourtant, quand je suis parvenue à la bifurcation du calvaire, au lieu de prendre à gauche en direction de la scierie, je me suis engagée dans le sentier de droite, guidée par ce genre de pulsion mauvaise qui vous pousse à faire ce qu'il ne faut pas. Je savais que je ne devrais pas m'exposer au risque de rencontrer à nouveau les créatures de la forêt, que je devais au contraire tâcher d'oublier ce qui me liait à elles, et pourtant je m'enfonçais dans le chemin avec une sorte de satisfaction perverse.

J'étais entrée sous le couvert des arbres depuis moins de cinq minutes quand j'ai vu un lièvre détaler devant moi et disparaître d'un bond dans une sapinière. Je gardais les yeux fixés vers l'endroit où j'avais vu s'évanouir la petite houppette blanche de sa queue et j'ai sursauté en entendant derrière moi une voix revêche m'apostropher :

– Décidément, il faut toujours que tu déranges tout le monde ! L'autre jour, c'était en braillant le nom de Brisiel aux quatre vents, et aujourd'hui c'est en déboulant sans crier gare ! Regarde-toi : rouge, essoufflée, suante… Après quoi cours-tu donc ? À moins que tu ne fuies devant ta propre bêtise ?

C'était la Gnomette. Quelques rameaux d'amandier aux fleurs tout juste entrouvertes étaient piqués dans sa tignasse, et leur délicatesse contrastait de façon irrésistiblement drôle avec l'allure grossière et négligée de la petite femme. Je me suis efforcée de gommer de mon visage toute expression d'amusement et de prendre un ton déférent pour dire :

– Oh, bonjour, je suis désolée de vous avoir fait peur.

Un rire sarcastique m'a interrompue.

– Toi, me faire peur ? Tu ne t'es pas regardée, je pense ! Je pourrais t'assommer d'une tape, et tu n'as même pas la rapidité de tes sœurs, je devrais dire plutôt « demi-sœurs », qui te permettrait de m'échapper. Non, tu ne m'as pas fait peur, mais tu as fait fuir le compagnon de jeu de mon fils avec ta façon stupide de surgir en courant et ton odeur d'humaine. Il en est tout fâché, le pauvre !

C'est seulement alors que j'ai aperçu le petit être caché derrière les jambes épaisses de sa mère. Sa tête ébouriffée penchée de côté, il m'observait avec stupeur. Quand j'ai voulu lui adresser un sourire engageant, il s'est replié en hurlant derrière le bouclier des jambes maternelles.

– Et tu le fais pleurer, en plus, tellement tu es laide à voir ! s'est écriée la Gnomette. Quand cesseras-tu de venir nous importuner de ta présence, monstrueuse créature ?

– Voyons, voyons, Mélouka, ne sois pas aussi désagréable avec notre jeune sœur. Elle a le droit de nous rendre visite, ce monde est en partie le sien.

J'ai levé la tête et reconnu avec soulagement Brisiel, accompagnée de plusieurs Sylphes et Sylphides. Posés sur les branches d'un sapin qui nous surplombait, ils m'observaient avec un intérêt qui m'a semblé plutôt amical, comparé à l'agressivité de la Gnomette. Ni elle ni moi ne les avions entendus approcher. J'ai remarqué avec envie la grâce avec laquelle ils se tenaient dans l'arbre, dont ils faisaient à peine ployer les plus fins rameaux. Luriel, leur chef, n'était pas parmi eux.

– Voilà bien la stupidité des Sylphes, a grogné la Gnomette. Si cette créature tient à « vous rendre visite », comme tu dis, qu'elle cesse pour de bon son commerce avec les humains et s'efforce de devenir l'une des vôtres. Regarde-la donc, celle que tu appelles ta « jeune sœur » : elle n'a rien d'une Sylphide… je parie qu'elle ne sait même pas voler. Je préfère rentrer dans ma tanière que de voir ça !

Et, jetant prestement son enfant sur son dos, elle s'est enfuie avec une rapidité que je n'aurais pas soupçonnée, vu son allure pataude. Brisiel est venue se poser à mes côtés.

– Mélouka n'a pas complètement tort. Si tu veux faire partie des nôtres, il te faut acquérir bien des qualités qui te font défaut. Apprendre à voler est essentiel... T'es-tu déjà entraînée ?

– J'ai essayé une fois ou deux, mais tout ce que j'ai réussi à faire, c'est à sauter un peu plus haut, peut-être... J'aimerais bien apprendre !

Les Sylphes se sont concertés un moment puis Brisiel s'est approchée.

– Si tu le souhaites, nous allons voir ce que tu peux faire. Quitte donc ces affreux vêtements qui cachent tes ailes, pour commencer.

J'ai obéi prestement, et mes ailes se sont aussitôt déployées. Je les sentais frémir dans mon dos, pleines d'une énergie qui semblait décuplée par la présence des Sylphes et qui ne demandait qu'à se libérer. C'était une sensation très excitante.

– Ôte donc aussi ces sabots malséants : ils sont laids et t'alourdissent les pieds !

J'ai délacé mes chaussures de sport mais j'ai gardé mes socquettes. J'avais honte de mes pieds, salement amochés par la pratique intensive des pointes, si différents de ceux des Sylphes, qui ne faisaient qu'effleurer le sol et qui semblaient avoir la peau aussi douce et tendre que celles des bébés. Par chance, j'avais choisi de mettre des leggings plutôt qu'un de mes informes pantalons de jogging, sans quoi Brisiel m'aurait probablement demandé de le quitter aussi. J'aurais mal supporté de me retrouver en petite culotte devant leurs yeux moqueurs. J'étais déjà suffisamment ridicule comme cela et mes premières tentatives d'envol ont suscité des rires joyeux. Mais, tout en s'égayant de mes maladresses, les Sylphes s'efforçaient de m'aider et m'encourager. Deux d'entre eux m'ont encadrée et, me soutenant par les bras, ils m'ont aidée à décoller. Leur étreinte était légère mais ferme et je n'ai pas eu peur. Nous nous sommes élevés entre les arbres, accompagnés des autres Sylphes qui voletaient autour de nous avec excitation. Puis mes deux mentors m'ont perchée sur la fourche d'un gros hêtre et, de là, ils m'ont fait redescendre au sol en planant. C'était incroyable. Au bout d'une dizaine d'essais, j'ai réussi à m'élancer seule, non sans appréhension. J'avais du mal à diriger mon vol et l'atterrissage a été plus brutal que je n'aurais voulu, mais Brisiel a déclaré que pour un premier essai, ce n'était pas si mal.

Je ne sais pas combien de temps avait duré cet « entraînement » quand j'ai déclaré forfait : mon dos était raide et je commençais à avoir froid. Il m'a fallu un gros effort de volonté pour faire se replier mes ailes et, pour la première fois, l'opération a été douloureuse. J'ai fini par enfiler mon sweat-shirt sous l'œil désapprobateur des Sylphes.

– Tu vas donc repartir ? a soupiré Brisiel. C'est dommage, tu n'es pas si maladroite, avec des efforts tu devrais pouvoir y arriver, malgré ton poids.

J'ai demandé :

– On pourrait recommencer demain ?

– Je ne sais pas. Nous devons en parler à Luriel. Je ne suis pas certaine qu'elle approuve ces leçons. Tu sais qu'elle t'a conseillé de rester chez les humains. Il est sûr que tu ne peux continuer à faire le va-et-vient entre les deux mondes. Si tu veux vraiment devenir l'une des nôtres, nous nous efforcerons de faire de toi une Sylphide acceptable, mais cela ne peut s'envisager qu'à condition que tu renonces absolument à ta part humaine. Réfléchis ! N'oublie pas non plus que tu seras inévitablement confrontée à Tahur le Salamandre si tu restes parmi nous, et qu'il ne te veut pas de bien. Laissons passer la nuit et reviens nous voir demain.

J'aurais voulu dire à Brisiel que la confrontation avec Tahur avait déjà eu lieu alors même que j'étais dans le monde des humains, et que sans l'intervention de ma mère, je n'aurais pu lui échapper. Si je savais me servir de mes ailes, n'aurais-je pas plus de chances face à lui ? Mais déjà les Sylphes avaient glissé loin de moi et disparu entre les arbres.

Je suis rentrée à pas lents à la maison. J'avais beau être irrésistiblement attirée par les gracieuses Sylphides et l'idée de leur ressembler, je ne me sentais pas prête à abandonner ma vie, mes parents, la danse et même, oui, Théo. Mais il me semblait aussi que je ne pourrais pas renier mon appartenance à leur monde, à présent que je connaissais la vérité. Comment réussir à assumer ma double nature ? Je pouvais peut-être me servir de mes origines pour devenir la plus exceptionnelle, la plus aérienne des ballerines. Je pouvais rester la fille de mes parents en leur cachant mon secret. Je pouvais même construire une histoire avec Théo : après tout, n'étais-je pas moi-même le fruit des amours d'un humain et d'une Sylphide ?

Aussi épuisée par ces questionnements que par les efforts physiques incroyables que j'avais fournis, je me suis effondrée dans mon lit en arrivant.

– Tu vois que tu as bien besoin de cette semaine de repos, a conclu ma mère en me découvrant endormie à son retour du travail.

13

Après une nuit pleine de cauchemars où j'essuyais les moqueries de Gnomes agressifs ou tentais vainement de m'envoler à la suite de Sylphes fuyants, j'ai beaucoup hésité à retourner dans la forêt. J'ai passé la matinée à parcourir la grande maison déserte dont le silence me pesait, passant de pièce en pièce à la recherche de je ne savais quoi, mes souvenirs heureux peut-être. J'ai voulu appeler Théo, mais il devait être en cours. Je n'ai pas laissé de message. J'avais le sentiment d'être totalement coupée de lui quand je quittais Lyon, comme si j'étais passée de l'autre côté d'une frontière invisible derrière laquelle il ne pouvait pas me rejoindre. Le souvenir de nos trois baisers me troublait agréablement, pourtant l'idée d'une intimité plus grande avait quelque chose de presque répugnant. Le contact de ses mains sur mes cuisses m'avait fait l'effet d'une brûlure.

Pour m'arracher à ce vertige d'émotions confuses, j'ai enfilé des leggings et un pull et je suis partie en petites foulées, comme entraînée vers la forêt par une force que je ne contrôlais pas. Ma tête était vide, je me concentrais sur mon souffle, sur le rythme de ma course, sur mes appuis et sur les inégalités du chemin. Je courais depuis cinq ou dix minutes quand une pluie violente s'est mise à tomber, dont même les arbres n'arrivaient pas à me protéger. Je ne pouvais pas me permettre de prendre froid et de tomber malade, alors j'ai fait rapidement demi-tour sans avoir aperçu aucune des créatures de la forêt. J'en étais à la fois déçue et soulagée.

Je suis arrivée trempée et glacée à la maison et même une douche brûlante n'a pas suffi à calmer les frissons qui m'agitaient, si bien que j'ai décidé d'allumer la cheminée du salon ; j'avais besoin de ça pour me réchauffer. Mon père m'a appris à construire un feu dans les règles de l'art et il ne m'a fallu que quelques minutes pour obtenir une belle flambée. Les bûches de résineux bien sèches se sont embrasées joyeusement et, voyant que le feu était bien parti, j'ai filé à la cuisine me préparer un thé. En repassant au salon, j'ai lâché ma tasse, qui s'est fracassée sur les dalles de terre cuite.

Tahur était devant la cheminée où le feu crépitait avec rage. Le feu ! J'avais laissé mon ennemi pénétrer dans la maison en allumant la cheminée. Comme le jour où il m'était apparu dans le jardin, il avait été attiré hors de la forêt par les flammes, son élément, et s'en était servi pour parvenir jusqu'à moi. Mais cette fois ma mère n'était pas là et mes appels à l'aide ne feraient surgir personne.

– Tu n'as pas l'air contente de me voir ? a ricané le Salamandre en promenant sur moi son regard de charbon ardent.

J'ai voulu rebrousser chemin pour me réfugier dans la cuisine mais en un éclair Tahur s'est glissé dans l'encadrement de la porte, me barrant le passage.

– Je te fais peur, c'est cela ? Tu n'as pas tort. Te voir a ravivé ma vieille colère, la colère provoquée par la trahison de ta mère. Ma colère… et mon désir, aussi. Ta mère, folle qu'elle était, n'a pas voulu s'unir à moi. Tu sais comment elle a fini. Aujourd'hui, toi, tu pourrais apaiser ma soif. De la Sylphide imparfaite que tu es, je pourrais faire une Salamandre, songes-y. À moins que, comme ta stupide mère, tu n'aies un faible pour les humains…

Mon dos me brûlait : sous mon épais sweatshirt, j'ai senti mes ailes qui cherchaient à se déplier. Face à la fureur d'un Salamandre, le seul salut réside dans la fuite, ainsi que me l'avaient expliqué les Sylphides, et un instinct mystérieux me poussait à m'envoler. Mais j'étais engoncée dans mes vêtements, coincée dans la maison, et bien trop maladroite encore pour réussir à lui échapper grâce à mes ailes. J'ai fait un pas en arrière et me suis heurtée à la table de la salle à manger.

– Réponds, a grondé Tahur d'un air menaçant, as-tu un faible pour les humains ? Si jamais j'apprenais cela, je te réserve le même sort qu'à ta traîtresse de mère, sois-en sûre !

J'ai secoué la tête en signe de dénégation. Il m'observait d'un œil suspicieux.

– Tu ne t'es pas déjà accouplée avec l'un d'eux, au moins ? Montre-moi ton dos, que je voies si tu as toujours tes ailes !

D'un geste violent, il a arraché mon sweat-shirt et m'a dénudé le haut du corps. Mes ailes se sont mises à vibrer follement, mais ses mains brûlantes s'étaient serrées sur mes bras, m'empêchant de bouger.

– Que voilà de jolies ailes ! On en oublierait presque ta part humaine. Tu vas pouvoir réparer la faute de ta mère, petit monstre !

Il m'a attirée à lui et a plaqué sa bouche contre la mienne, obligeant mes lèvres à s'écarter. Une saveur âcre a envahi ma gorge, j'étouffais. Je me sentais environnée d'une fumée épaisse, mes yeux me piquaient, je ne pouvais plus respirer. J'ai tendu le bras en arrière. Il y avait sur la table un vase et ma mère, qui adorait les fleurs, y maintenait en permanence un bouquet frais. Donc de l'eau, l'élément hostile aux Salamandres. J'ai réussi à saisir le vase et, dans un effort désespéré, à le jeter à la tête de Tahur, puis j'ai perdu connaissance.

Quand j'ai repris conscience, ma mère était penchée sur moi, m'humectant le visage avec un torchon. Un vent glacé traversait la pièce, me faisant frissonner. Ma mère m'a aidée à me redresser et à enfiler mon sweat-shirt qui traînait à terre. Des volutes de fumée, chassées par le courant d'air, s'échappaient comme à regret par les fenêtres grandes ouvertes. Certaines résistaient encore, s'enroulant autour du lustre, se rencognant derrière les poutres du plafond, s'agrippant aux corniches des meubles. J'ai toussé violemment.

– Ma chérie, ma chérie, gémissait ma mère. Quelle peur tu m'as faite !

Tahur avait disparu. Dans la cheminée, un tas de bois calciné achevait de se consumer. Ma mère a surpris mon regard.

– Tu avais allumé le feu en oubliant d'ouvrir la trappe de la cheminée, s'est-elle exclamée. Tu ne t'en es pas rendu compte ? Tu aurais pu t'asphyxier ! La pièce était tout enfumée quand je suis arrivée. Heureusement que je suis sortie plus tôt aujourd'hui. Toi qui n'étais déjà pas bien, tu n'avais pas besoin de ça. Je vais appeler Maréchal, c'est quand même pas normal que tu aies fait un malaise comme ça. Tu n'as pas eu le temps de sortir, d'ouvrir la fenêtre ? Comment ça s'est passé ?

Tout en m'assommant ainsi de paroles, elle m'avait poussée hors du salon et conduite jusqu'à mon lit. La fumée n'avait pas pénétré dans ma chambre et j'ai aspiré l'air avec soulagement, avant de réfléchir à ma réponse.

– J'étais partie dans la cuisine, maman, c'est pour ça que je me suis aperçue de rien au début. Quand je suis retournée au salon, la fumée m'a prise à la gorge, j'ai dû faire la bêtise de respirer un grand coup, et voilà… mais ce n'est rien de grave, je t'assure, c'est passé, je me sens déjà bien mieux.

Ce n'était pas vrai, je me sentais horriblement mal, faible et nauséeuse. J'avais encore dans la bouche le goût affreux du baiser du Salamandre, à moins que ce ne soit l'irritation due à la fumée… Tout cela n'était peut-être qu'un horrible cauchemar provoqué par l'intoxication. Mes cheveux et mes vêtements étaient imprégnés d'une odeur de brûlé et je suis partie me doucher et me brosser les dents. Dans la glace de la salle de bain j'ai nettement vu les deux marques rouges que les mains de Tahur avaient laissées sur mes bras.

J'ai rapidement enfilé ma brassière de sport et un T-shirt par-dessus, et cette fois encore le docteur Maréchal n'a rien remarqué de spécial. Il a simplement conseillé à ma mère de me garder au repos jusqu'à la fin de la semaine et de veiller à ce que j'avale mes vitamines. Ma mère n'avait qu'une envie : être rassurée, et ça lui a suffi. Mais moi, j'étais terrifiée à l'idée de rester seule encore trois jours à la maison, en attendant le week-end. Je me sentais glisser davantage chaque jour dans un monde dangereux où je risquais de m'anéantir. J'aurais voulu repartir à Lyon, reprendre ma vie avec Margot, mes cours de danse et mes répétitions, revoir Théo, aussi. Je savais bien qu'en retournant là-bas, je n'échapperais pas à tous mes problèmes : mes sentiments pour Théo étaient plus que confus et contradictoires, ma relation avec Margot était empoisonnée par ma trahison, et je doutais de mes capacités à assumer le rôle principal du ballet, pourtant tout était préférable au risque d'affronter à nouveau Tahur. L'angoisse m'a fait monter les larmes aux yeux. Ma mère, qui s'affairait dans ma chambre, s'est brusquement assise sur mon lit.

– Ma chérie, qu'est-ce qu'il y a ? Tu t'inquiètes pour ce fichu ballet, je parie, mais tu verras tout ira bien, mon ange, ça va bien se passer. Ne pleure pas, je t'en prie !

Elle m'a serrée dans ses bras et je me suis effondrée en sanglotant. Entre deux hoquets, j'ai demandé :

– Maman, tu pourrais rester avec moi à la maison ces trois jours ?

Elle était surprise, je le voyais. Je ne me laissais jamais aller comme ça. J'avais pris l'habitude de présenter à mes parents une façade lisse et sereine, un peu froide, derrière laquelle je cachais soigneusement mes terreurs les plus hideuses et mes sombres secrets. Elle a hésité.

– C'est que… Je dois être au boulot… je n'ai pas prévenu…

– S'il te plaît, maman !

J'avais presque crié.

– D'accord, je vais les appeler, ne t'inquiète pas. On va s'arranger, calme-toi ! Je vais rester avec toi demain.

– Et jeudi ? Et vendredi ?

Ma mère était désemparée.

– Écoute, ça va être difficile, j'en ai peur. Je peux demander à madame Félix de venir passer les matinées avec toi et moi j'essaierai de me libérer l'après-midi. D'accord ?

La présence de la femme de ménage était moins rassurante que celle de ma mère, mais l'important était de ne pas être seule. Avec un humain dans la maison, le Salamandre n'oserait sans doute pas approcher.

Ainsi rassurée, j'ai passé les jours suivants cloîtrée dans la maison, malgré le temps devenu ensoleillé, et ce repos forcé m'a finalement fait du bien. Quand le week-end est arrivé, mon angoisse était un peu apaisée. Mes parents étaient aux petits soins pour moi et ils ont même renoncé à une invitation le samedi soir pour m'accompagner au cinéma, alors qu'ils n'aiment guère cela l'un et l'autre. Quant à Théo, il appelait tous les soirs pour prendre de mes nouvelles et se plaindre de mon absence. Mais les menaces de Tahur m'empêchaient de m'en réjouir.

En prenant le train le dimanche soir, j'ai prévenu mes parents que je ne reviendrais pas le week-end suivant, sous le prétexte que ces allées et venues me fatiguaient.

– J'espère que ce n'est pas pour répéter encore plus que tu veux rester à Lyon, a dit ma mère d'un ton inquiet. Tu as vu ce qui arrive quand tu te surmènes.

Mon père s'est mis à rire.

– Eh, c'est peut-être pour un garçon qu'elle veut rester là-bas, hein ? Y a pas que la danse, dans la vie !

Mais je voyais bien qu'il se forçait à plaisanter. Il m'a posé un gros baiser sur la joue. Nous étions si loin l'un de l'autre à présent que jamais je n'aurais pu lui dévoiler mes tourments.

Quand le train a longé la forêt, j'ai fermé les yeux.

14

J'ai retrouvé le studio de danse avec bonheur, et même le bonjour peu aimable d'Audrey n'a pas réussi à me fâcher. Il est clair qu'elle espérait que mon absence se prolongerait et qu'elle était déçue de me voir reprendre ma place à la barre… Ma place à la barre… j'ai posé les mains sur le bois poli et doux, esquissé quelques pliés à la seconde, une série de relevés. L'appui était ferme sous mes mains, rassurant. Mes pieds pressaient le sol, en retiraient force et énergie, les faisaient passer dans le reste de mon corps. Ainsi amarrée à la barre, je me sentais protégée, comme un bateau qui retrouve enfin le port après avoir dérivé dans la tempête. Monsieur Olivieri est entré dans la salle et s'est approché de moi.

– Comment ça va ? Tu as meilleure mine. J'espère que tu te sens en forme car il va falloir rattraper les répétitions manquées.

Je l'ai assuré que je me sentais bien, puis Salima, en retard à son habitude, m'a sauté dessus pour m'embrasser et s'est installée derrière moi.

– Mesdemoiselles, échauffement habituel, a déclaré Monsieur Olivieri. Face à la barre, dégagé devant, en dedans, en dehors, plié, seconde, derrière, etc. Nicole, quand vous voulez.

La pianiste s'est calée sur son tabouret et les premières notes ont résonné dans la grande salle. Quatorze pieds droits se sont tendus en avant, glissant sur le parquet avec un imperceptible chuintement. De ma hanche au bout de mon orteil, ma jambe était tendue comme une flèche. Rotation interne, externe, plié… Mon corps obéissait à la musique, exécutait avec précision chacun des mouvements et c'était une sensation délicieuse. Port de bras à gauche, à droite… Je sentais mon buste s'étirer dans l'espace, mes muscles crispés se détendre et mes angoisses se dénouer en même temps. Je devais être rouillée, après une semaine de repos, mais je savais par expérience que le cours de reprise était toujours facile et déclenchait en moi une sorte d'euphorie ; ce n'est que le deuxième jour que la remise en train se faisait pénible. Les exercices à la barre se succédaient : dégagés, petits battements, ronds de jambe, jambe sur la barre, pied dans la main. On a terminé par les étirements au sol. En me relevant du grand écart, je m'apprêtais selon mon habitude à ôter mon cache-cœur avant de commencer le milieu, car j'étais à présent bien échauffée. Alors que je commençais à dénouer la ceinture, j'ai senti dans mon dos une violente démangeaison, juste en dessous de mes omoplates. Mes ailes ! Affolée, j'ai resserré mon cache-cœur et me suis allongée sur le dos, roulant légèrement de gauche à droite comme pour me masser la colonne vertébrale, tandis que les autres se mettaient face au miroir pour apprendre le premier enchaînement. Monsieur Olivieri a surpris dans le miroir le reflet de mon corps allongé.

– Eh bien Lucie, debout ! Qu'est-ce qui t'arrive, ça ne va pas ? s'est-il écrié en se retournant.

Je me suis relevée, confuse, en prétextant une crampe, et me suis glissée au dernier rang. Tout paraissait redevenu normal dans mon dos, mais cette alerte m'avait déstabilisée. Jusqu'alors, la présence d'humains à mes côtés avait toujours bloqué l'apparition de mes ailes ; que se passerait-il si désormais elles se mettaient à surgir n'importe quand ? J'étais si troublée que j'avais du mal à mémoriser les enchaînements. Pour l'adage, je me suis retrouvée au premier rang et j'ai vu Monsieur Olivieri observer d'un œil critique mes hésitations et mes équilibres incertains. Peu à peu, cependant, je me suis tranquillisée et j'ai retrouvé ma concentration. Je me suis encore légèrement emmêlé les pieds dans les petits sauts, mais au moment des tours j'ai réussi à passer trois pirouettes en dehors et je me suis honorablement sortie des tours fouettés. Quand est arrivée la diagonale de grands sauts, je me sentais légère et j'ai eu l'impression de sauter plus haut que d'habitude, avec cette sensation de « plané » si agréable. Pour la première fois je comprenais vraiment ce conseil de Nijinski, l'étoile des Ballets russes, à ceux qui enviaient ses sauts extraordinaires : « C'est simple, leur disait-il, il n'y a qu'à s'élever, faire une légère pause en l'air, et seulement alors retomber. »

J'étais tellement excitée par cette sensation nouvelle que j'en ai oublié de m'écarter après la pose finale, si bien qu'Audrey a failli me percuter.

– Lucie, m'a lancé Monsieur Olivieri, tu attends quoi, qu'on t'applaudisse ? Ton grand jeté était joli, c'est vrai, mais c'est pas une raison pour rester plantée là !

J'étais habituée à ses remarques caustiques et d'habitude je n'en étais guère affectée. Mais les expériences étranges et effrayantes que je traversais me rendaient vulnérable et j'ai dû faire un effort pour refouler les larmes que je sentais monter. Le regard que m'a jeté Audrey n'a rien arrangé. J'ai terminé le cours le cœur moins léger que je n'avais commencé.

À la pause de midi, j'ai appelé Théo. La distance que j'avais mise entre la forêt et moi me rassurait, les menaces de Tahur me paraissaient irréelles et, sans les bleus qui marquaient encore mes bras, j'aurais cru à un cauchemar. Pourtant mes ailes avaient failli se déplier pendant le cours de danse : l'univers des Sylphides n'était-il pas en train de me rattraper et d'envahir mon existence ?

Théo a paru ému de me savoir de retour. Il a insisté pour qu'on se voie le soir même, bien que j'aie essayé de lui opposer mon besoin de repos. J'ai fini par céder mais je ne voulais pas aller chez lui : je m'y sentais trop vulnérable. Margot devant passer la soirée à réviser chez une copine, j'ai proposé à Théo de venir un moment à l'appartement.

– Tu veux que j'apporte à manger ? Du McDo ? Une pizza ? Du chinois ? m'a-t-il demandé.

Ce n'étaient pas des options pour moi. Je lui ai dit de prendre pour lui ce qu'il voulait, moi je me préparerais quelque chose de plus diététique. Ça l'a fait rire et j'ai imaginé les deux plis qui se creusaient sur ses joues.

– Tu te nourris de rosée et de suc de fleurs, c'est ça ?

Je n'ai pas osé lui dire que ç'aurait été mon idéal, en effet.

Une fois rentrée à l'appartement, j'ai regretté de l'avoir invité à passer. J'avais envie d'enfiler un vieux collant de laine informe et de traînasser devant l'ordi, et surtout j'appréhendais le tête-à-tête. Je n'avais pas le droit de lui faire croire que nous pouvions avoir une relation normale, lui et moi ; je n'étais plus une fille comme les autres, j'étais une créature monstrueuse, objet du désir malsain d'un Salamandre qui me tuerait s'il savait que j'étais amoureuse d'un garçon. Je me suis pourtant maquillée légèrement au sortir de la douche et j'ai enfilé un joli pull. Quand l'interphone a retenti, je n'ai pu me cacher que j'étais fébrile. Deux minutes après il était là, souriant, une boîte de pizza dans une main, un bouquet de pois de senteur dans l'autre. Il m'a tendu les fleurs.

– C'est dingue, les pois de senteur, c'est ma fleur préférée… Comment tu as deviné ?

Les deux plis de ses joues se sont creusés davantage.

– C'est vrai ? En fait j'avais choisi autre chose, des fleurs plus grosses, et puis j'ai vu celles-là, et elles m'ont fait penser à toi : on dirait des papillons prêts à s'envoler.

Je me suis mise à fourrager dans le placard à la recherche d'un récipient pouvant faire office de vase : c'était surtout un moyen de lui cacher mon trouble. J'aurais voulu me blottir contre lui et lui raconter ce qui m'arrivait, mais je ne pouvais pas. Il me prendrait pour une folle et ne me croirait pas. Et si jamais il me croyait, ce serait pire, il serait effrayé ou dégoûté. J'ai fini par trouver un bocal vide où j'ai installé les pois de senteur. Leurs teintes, déclinées du bleu au rose vif, leurs pétales délicats, leurs petites vrilles d'un vert tendre et leur parfum, tout était parfait. Théo m'a pris des mains le vase improvisé avant de le poser sur la table. Puis il m'a attirée à lui pour m'embrasser. Mais quand ses lèvres se sont approchées des miennes, je l'ai repoussé brutalement. C'était plus fort que moi, j'avais encore dans la bouche le goût répugnant du baiser de Tahur. Un haut-le-cœur m'a secouée et je n'ai eu que le temps de me précipiter jusqu'à la cuvette des WC pour y vomir. J'étais encore pliée en deux par des spasmes violents quand j'ai senti les mains de Théo sur mes épaules.

– Oh, laisse-moi, va-t'en, s'il te plaît, ai-je murmuré.

Qu'il me voie dans cet état lamentable et dégoûtant, c'était le comble. J'ai grimacé piteusement en pensant au rouge à lèvres dont j'avais cru bon de peindre ma bouche avant son arrivée pour être plus séduisante. J'ai répété :

– Je t'en prie, va-t'en.

Il s'est écarté et je me suis redressée. La tête me tournait et j'ai dû m'appuyer contre le mur. Théo est réapparu avec une serviette de toilette mouillée dans les mains. Malgré mes protestations, il m'a essuyé doucement le visage puis m'a conduite au lavabo.

– C'est laquelle ta brosse à dents ? La bleue ou la mauve ?

– La mauve.

Il me l'a tendue, garnie de dentifrice. Après m'être brossé les dents, je me sentais un peu mieux, et nous nous sommes installés dans le canapé du salon. Il m'observait d'un air inquiet.

– Je suis vraiment désolée, Théo, excuse-moi.

– T'as pas à être désolée d'être malade, ça m'embête de voir que t'as pas encore récupéré, c'est tout.

J'ai dit très vite sans le regarder :

– Si je dis « Je suis désolée », c'est pas seulement pour ce qui vient d'arriver, c'est que… écoute, je peux pas continuer avec toi. J'aurais bien voulu, je te le jure, mais vraiment, il vaut mieux qu'on arrête de se voir, je peux pas t'expliquer… J'aurais jamais dû te laisser croire…

– Mais pourquoi ? Pourquoi tu me dis ça ? On vient à peine de… laisse-nous une chance, au moins. Ou du moins explique-toi. Parce que moi je te comprends pas, là !

J'aurais dû me lever et lui dire de partir : au lieu de ça je me suis mise à pleurer comme une idiote, avec pour résultat prévisible qu'il m'a passé un bras consolateur autour des épaules.

– Mais qu'est-ce qu'il y a ? Qu'est-ce qui ne va pas ? Tu veux pas me dire ?

J'ai bafouillé entre mes larmes :

– Je peux pas, je peux pas !

Je sentais ses baisers légers sur mes cheveux, son bras rassurant sur mes épaules.

– C'est… c'est difficile à raconter, ai-je commencé.

J'aurais peut-être réussi malgré tout à me décharger enfin de mon lourd secret si à cet instant un bruit de clé dans la serrure ne m'avait fait sursauter. Margot est apparue dans la pièce et quand elle nous a vus son visage s'est décomposé. Je m'étais écartée brusquement de Théo, mais trop tard.

– Théo ? Qu'est-ce que tu fais là ? a-t-elle demandé d'une voix blanche. Enfin non, pas la peine de répondre, je le vois bien ce que tu fais là ! Putain, c'est pas vrai ! Vous deux… j'y crois pas !

– Margot, écoute ! ai-je crié. C'est juste que j'étais malade, j'ai vomi, et…

Je supposais que mentionner ce détail dégoûtant suffirait à enlever à la scène tout son supposé romantisme. Mais Margot était dotée d'une logique à l'épreuve des émotions.

– Oui, et Théo est apparu comme par miracle pour te soigner, c'est ça ? Quelle heureuse coïncidence ! Tu me prends vraiment pour une conne, en plus ! T'étais venu pour quoi, au fait, Théo ? Pour me voir ?

Il s'est levé pour lui faire face.

– C'est bon, j'aurais dû te le dire… On sort ensemble.

J'ai voulu protester : non, il ne pouvait pas présenter la situation ainsi, alors que je venais de lui dire qu'on ne devait plus se voir. Margot ne m'a pas laissé le temps d'ouvrir la bouche.

– C'est pour ça que tu m'as plaquée, alors ? T'es vraiment un connard !

Derrière la colère, il y avait du chagrin dans sa voix et je me suis sentie coupable de cela aussi. Je me suis interposée.

– Margot, pardon ! Je viens de lui dire que c'était pas possible entre nous de toute façon, qu'on devait plus se voir… C'est fini !

– Mais non, Lucie, c'est pas vrai, a crié Théo. On était en train…

Margot s'est mise à crier plus fort que lui :

– C'est bon, tu dégages, maintenant ! Vous vous expliquerez ailleurs si vous voulez, mais pas ici ! Je suis aussi chez moi, merde !

C'était une confusion insupportable. Je me suis tournée vers Théo.

– Oui, il vaut mieux que tu partes.

Il m'a jeté un regard consterné, et j'ai baissé les yeux. Puis il a ramassé son blouson et il est sorti sans un mot, nous laissant face à face, Margot et moi. Elle me regardait avec fureur et j'ai voulu tenter de l'apaiser :

– Margot, je… je ne voulais pas, je t'assure… Oh, je suis désolée !

– C'est bon, arrête ! T'es vraiment une belle hypocrite ! « Moi, j'ai pas le temps de m'intéresser aux garçons, je pense qu'à la danse, et toi aussi tu devrais penser à tes études… » Tu parles !

Tu me piques mon mec et en plus tu te permets de l'amener ici ! Non mais je rêve, quelle salope !

– Mais puisque je te dis que c'est fini ! D'ailleurs il s'est rien passé entre nous, presque rien.

– Ça va, j'ai pas envie de connaître les détails. T'es contente, je suppose, t'as tout foutu en l'air entre lui et moi et maintenant tu le jettes. Ce que tu voulais, c'était casser notre histoire, en fait, parce que tu supportais pas de nous voir ensemble, mais t'en as rien à faire de lui au fond. T'as pas de cœur, je te l'ai déjà dit, et ça te dérange que les autres s'aiment, oui, ça te dérange, l'amour, le sexe… Tu me fais pitié, tiens !

Elle a tourné les talons et s'est précipitée dans sa chambre, claquant la porte derrière elle. Je me suis approchée du bouquet de pois de senteur et j'ai caressé les fleurs d'un doigt tremblant. Je venais de perdre les deux seules personnes auxquelles j'aurais pu me confier.

15

J'ai passé une nuit affreuse et il m'a fallu faire un gros effort au réveil pour avaler un petit déjeuner correct. Je ne pouvais pas affronter la journée le ventre vide : après les cours habituels du matin, nous devions en effet aller répéter sur la scène du théâtre et faire les premiers essais avec la machinerie. Ce serait long et éprouvant et je devais absolument prendre des forces. J'étais en train d'avaler péniblement un yaourt quand Margot est sortie de sa chambre, déjà habillée pour sortir.

– Bonjour, ai-je lancé d'une voix hésitante.

Elle n'a même pas tourné la tête vers moi et la porte a claqué derrière elle.

La matinée commençait par un cours de barre au sol. Je n'aimais pas beaucoup ça et ce jour-là le cours m'a paru encore plus fastidieux et épuisant que d'habitude. Heureusement nous avons enchaîné avec le contemporain, qui n'était pas non plus ma discipline favorite, mais Inès, la prof, était jeune et d'une gentillesse qui contrastait agréablement avec la dureté de Monsieur Olivieri. À la pause de midi, je suis allée m'asseoir avec Justine et Chloé.

La perspective d'aller répéter au théâtre faisait planer sur les tables une agitation joyeuse.

– Oh là là, j'ai trop hâte d'essayer la machinerie, pas vous ? s'est écriée Chloé. Ça va être trop génial de se balader au-dessus de la scène accrochée à un fil… comme les tyroliennes à l'accrobranche !

Justine a fait la moue.

– Ouais, ben à mon avis, ça va pas être évident. J'espère qu'on va pas avoir l'air d'un pauvre saucisson pendu à sa ficelle. J'ai pas le vertige, heureusement, c'est déjà ça !

– Oui, Sarah, la pauvre, elle aurait trop voulu le faire, mais comme a dit monsieur Olivieri, on va pas prendre celles qui ont le vertige, quand même ! T'as pas peur, toi, Lucie ?

J'ai repensé à ma leçon de vol dans la forêt et j'ai souri.

– Non, ça va. J'ai toujours aimé grimper aux arbres.

Depuis la table voisine, Audrey s'est retournée pour nous lancer :

– Il n'y a vraiment pas de quoi en faire une histoire, n'importe qui est capable de glisser le long d'un fil, accroché à un harnais !

Justine a haussé les épaules et a chuchoté :

– Elle est jalouse, c'est tout, parce qu'elle fait pas partie des cinq qui vont voler, en plus de pas avoir de rôle de soliste. T'as intérêt à faire gaffe, Lucie, parce qu'elle pourrait bien couper le câble qui va t'attacher pour te piquer ta place!

Chloé et elle se sont mises à rire, mais moi je n'ai pas trouvé la remarque très drôle : où que je sois, je ne savais susciter que jalousie et rancœur, alors que j'aurais tant eu besoin d'amitié.

Un bus nous a emmenées au théâtre. Les filles piaillaient autour de moi de façon assourdissante et je n'essayais même pas de suivre leurs conversations, sans parler de m'y joindre. Mon secret m'isolait, m'enfermait dans une bulle aux parois visqueuses et molles, où l'air était pesant, où bouger, parler, sourire, demandait un effort douloureux. Dans les loges, l'excitation ambiante a cependant fini par me gagner : j'étais sensible à l'atmosphère de ce lieu dont nous rêvions toutes, une salle de spectacle. C'est pour arriver là que nous travaillions dur jour après jour, cours après cours, depuis des années. C'est dans cette pièce où nous nous bousculions face aux miroirs que s'opèrerait le jour du spectacle notre métamorphose de filles ordinaires en créatures rêvées. Sauf que je n'étais pas une fille ordinaire : une fois le rideau baissé, les autres se dépouilleraient de leur personnage de Sylphides, mais moi ?

– Allez, dépêche-toi ! m'a lancé Chloé. Tout le monde est prêt et t'as même pas fini d'enfiler tes collants.

Dans les coulisses, plusieurs machinistes s'affairaient, transportant des escabeaux, tandis que sur la passerelle deux hommes installaient la machinerie. Venant du plateau, la voix de Monsieur Olivieri a soudain retenti :

– Allons, mesdemoiselles, dépêchons ! En place pour le début de l'acte II ! On va répéter d'abord les mouvements d'ensemble et les variations des solistes, puis vous pourrez partir, sauf les cinq qui doivent faire les essais de machinerie. Où est Matthieu ? Il est arrivé ?

Mon partenaire était en retard, comme d'habitude. Au début je pensais qu'il jouait les stars, puis j'ai fini par comprendre qu'il était simplement de ces gens qui ne peuvent pas arriver à l'heure. Il faut dire que Monsieur Olivieri, qui accablait de ses foudres tout élève du Conservatoire pour la moindre négligence, se montrait inhabituellement indulgent avec Matthieu. Le fait que c'était une recrue précieuse pour le ballet l'expliquait en partie, le fait qu'il était beau gosse comptait sans doute aussi. Monsieur Olivieri n'avait pourtant aucune chance avec Matthieu, qui depuis peu filait le parfait amour avec Salima. Elle avait même laissé tomber son copain pour lui et ils ne se quittaient plus. Si dans le ballet James délaissait Effie, sa fiancée humaine, pour moi, dans la réalité ce n'était vraiment pas le cas. Cela n'empêchait pas Matthieu d'être un très bon partenaire et de me manifester dans nos pas de deux toute l'attention nécessaire, me jetant les regards énamourés qu'exigeait le rôle et m'offrant l'appui solide de ses bras pour les équilibres et les tours. Il est enfin arrivé, le souffle court et les cheveux en bataille. Sa chère Salima ne faisait pas partie de la répétition car Effie ne danse pas à l'acte II, et cela ne l'avait pas poussé à arriver à l'heure.

La répétition a été pénible, surtout pour Audrey, Justine et Chloé, qui dansaient le pas de trois : Monsieur Olivieri trouvait qu'elles n'étaient pas parfaitement ensemble et il leur a fait reprendre la variation d'innombrables fois. Chloé, qui avait du mal à être en rythme, s'est entendu traiter de tous les noms et je la voyais réprimer à grand-peine ses larmes. Du coup, Matthieu et moi avons eu droit à moins de temps et moins de critiques pour nos pas de deux. J'aimais particulièrement le dernier, quand James capture la Sylphide à l'aide de l'écharpe ensorcelée, provoquant ainsi la chute de ses ailes et sa mort ; il me bouleversait à tel point que j'avais du mal à maîtriser mon émotion. Cette fois encore, tandis que je mimais l'agonie de la Sylphide, je ne pouvais m'empêcher de trembler et de me sentir presque mourante.

– Fais attention, Lucie ! m'a crié Monsieur Olivieri. C'est très convaincant au niveau de l'interprétation, mais surveille tes genoux, bon sang ! Ils ne sont jamais tendus à fond dans les arabesques, c'est moche, mais moche ! Et puis tes équilibres sont trop fragiles. Tu dois faire semblant de lâcher, alors qu'en fait ça doit rester très contrôlé, tu comprends ce que je te dis ?… Reprenez en marquant juste le début jusqu'au deuxième porté, je voudrais voir quelque chose de vraiment propre. Propre, Matthieu, on est d'accord ? Tu as la chance d'avoir une partenaire légère alors je ne veux pas voir d'effort quand tu la soulèves : elle ne pèse RIEN, c'est ça l'impression que tu dois donner. Allez, on reprend.

Et, docilement, nous avons recommencé. Quand Monsieur Olivieri a été à peu près satisfait, Matthieu et la plupart des filles se sont éclipsés. Il s'agissait à présent de tester la machinerie qui allait donner aux spectateurs l'illusion de voir voler cinq d'entre nous. Pour ma part je savais que je n'aurais pas eu besoin d'un filin et d'un harnais grossiers : si je le voulais, je pouvais déplier mes ailes et m'élever vers les cintres sans le secours de la machinerie. J'ai éprouvé soudain le désir violent de le faire, mais ç'aurait été une folie, j'en étais consciente. Je devais dissimuler ma vraie nature et me comporter normalement. Pourtant je ne pouvais m'empêcher de m'imaginer, le soir du spectacle, sidérant le public incapable de comprendre quel miracle technique me permettait de voleter ici et là avec grâce, alors que mes compagnes se contentaient de traverser gauchement la scène entre cour et jardin, pendues au bout de filins pas vraiment invisibles.

Les machinistes avaient installé des échafaudages de plus de deux mètres de haut, montés sur des roulettes, sur lesquels nous devions nous percher. On nous avait montré comment enfiler et boucler nos minces harnais. Le soir du spectacle, ils seraient bien évidemment dissimulés sous les corsages des tutus, dans le dos desquels serait ménagée une fente permettant de fixer le filin au harnais. Pour mes camarades, qui ne faisaient que traverser la scène selon un trajet horizontal, c'était assez simple, mais moi je devais aussi descendre en diagonale et me poser à terre en douceur, avant que Matthieu ne décroche discrètement le filin de mon dos et que je me mette à danser. Ensuite, à la toute fin du ballet, mes compagnes devaient draper mon corps dans un voile et notre groupe s'élevait alors lentement dans les airs, jusqu'à disparaître dans les cintres.

Les deux premières ont pris position, chacune sur sa plateforme, une côté cour et l'autre côté jardin. Au signal, elles devaient s'élancer ensemble, mais seule Justine s'est jetée dans le vide, non sans pousser un petit cri. Il a fallu recommencer. Puis les deux suivantes ont essayé à leur tour. Ce n'était guère brillant, elles ressemblaient plus à de malheureux hannetons gigotant au bout d'une ficelle qu'à des créatures ailées au vol gracieux. Je revoyais Brisiel et la troupe des Sylphes venant à ma rencontre à travers la forêt, et je ne pouvais m'empêcher de trouver ridicules ces pauvres filles qui voulaient jouer aux fées. J'espérais m'en tirer mieux que ça. Quand est venu mon tour, je n'ai pas hésité. Il m'a suffi de m'imaginer au milieu des mes sœurs et de repenser à leurs conseils. Mais la sensation n'avait rien à voir. Pendu au harnais, mon corps était horriblement pesant, et les courroies me cisaillaient le ventre. C'était une chute empêchée, pas un envol, et je suppose que je n'ai pas fait meilleure figure que les autres. Monsieur Olivieri paraissait cependant satisfait de ce premier essai.

– On va juste essayer la descente en diagonale une fois ou deux, a-t-il dit, pour voir comment tu te sors de l'atterrissage.

Je suis remontée sur ma plateforme et me suis à nouveau élancée dans le vide. Je suis incapable aujourd'hui de dire ce qui s'est réellement passé. Peut-être avais-je mal fixé le filin, peut-être la boucle du mousqueton était-elle défectueuse, peut-être le filin n'était-il pas suffisamment tendu… J'ai éprouvé l'horrible sensation de la chute libre pendant une fraction de seconde. Puis j'ai été légèrement freinée, comme si mes ailes s'étaient ouvertes par réflexe, mon corps a basculé vers l'avant et c'est mon avant-bras droit qui a rencontré brutalement le sol en premier. J'ai senti une douleur fulgurante dans le poignet, j'ai roulé sur le dos, et je suis restée à terre, sonnée. Il y a eu des cris, du mouvement autour de moi. Des phrases se détachaient du brouhaha, j'ai reconnu la voix de Monsieur Olivieri qui répétait en boucle : « Oh merde, c'est pas vrai, c'est pas vrai, oh merde. » J'ai réussi à me redresser et à m'asseoir en m'aidant de mon bras valide. Un machiniste s'est accroupi près de moi.

– Doucement, doucement, petite. Tu peux bouger tes jambes ?

Mes jambes n'avaient rien, je le savais.

– C'est mon poignet, je crois qu'il est cassé.

Mes larmes ont débordé, sous l'œil compatissant du type.

– Un poignet, ça fait très mal, courage ! Mais si c'est pas plus grave que ça, t'as eu de la chance ! T'aurais pu te casser le cou !

La douleur était violente, mais ce n'est pas cela qui me faisait pleurer : je venais de perdre le rôle de la Sylphide et j'aurais préféré, je crois, m'être cassé le cou.

16

Je n'ai pas voulu appeler mes parents. Ils se seraient précipités et m'auraient ramenée à la maison. Et je n'avais nulle envie de me retrouver à nouveau seule dans la grande demeure, à la merci de Tahur. Je n'avais pas envie non plus de subir la sollicitude de ma mère, dont je savais très bien qu'elle ne serait pas mécontente de me voir condamnée au repos forcé une fois de plus. Je les préviendrais plus tard, quand j'aurais surmonté le choc de mon accident.

J'avais néanmoins besoin de réconfort et, dans la voiture de Monsieur Olivieri qui me conduisait à l'hôpital, j'ai appelé Théo. À qui d'autre pouvais-je faire appel, à présent que Margot ne me parlait plus ? J'avais peur qu'il refuse de prendre mon appel ou qu'il me raccroche au nez, excédé par cette fille qui ne cessait d'être malade ou d'avoir des accidents et qui l'appelait au secours après l'avoir jeté. Il a répondu tout de suite. Sa voix était sèche et distante.

– Tiens, c'est toi ? J'avais cru comprendre que rien n'était plus possible entre toi et moi… Il vaudrait mieux que tu arrêtes de m'appeler, alors, tu crois pas ?

– Théo, je voulais juste te dire, je… j'ai eu un accident pendant la répétition. Je vais aux urgences…

Il a immédiatement changé de ton.

– Quoi ? C'est grave ? Tu es blessée ?

– Un poignet cassé, je crois… tu as raison, je sais pas pourquoi je t'ai appelé, excuse-moi.

Je n'ai pas pu continuer.

– Tu vas où ? Quel hôpital ?

– La clinique Saint-Ambroise, dans le deuxième.

– C'est bon, j'arrive dès que je peux.

J'ai protesté, pour la forme. J'avais en réalité très envie de le voir et j'ai été soulagée de savoir qu'il allait me rejoindre. Malgré la douleur de mon poignet et mon immense déception, je me sentais un peu réconfortée. À côté de moi, Monsieur Olivieri se taisait, le visage fermé. J'avais la nette impression qu'il m'en voulait bien plus qu'il ne me plaignait : à cause de moi, le spectacle était remis en cause, il allait falloir réorganiser la distribution et reprendre dans la précipitation ce qui avait déjà été réglé.

– Mais, bon sang, tu n'aurais pas pu attendre le signal ? m'a-t-il soudain lancé avec une colère mal contenue. Je ne sais pas où tu as la tête depuis quelque temps… Ça ne serait pas ce Théo à qui tu téléphonais qui t'empêche de te concentrer ? La danse doit passer avant le reste, si tu veux réussir ! Quel gâchis… Tu aurais pu être vraiment bien. Maintenant il va falloir que je fasse répéter Audrey intensivement pour qu'elle puisse reprendre le rôle… Et les pas de deux avec Matthieu… On va devoir tout remettre en place !

J'ai serré les dents pour ne pas laisser éclater mon indignation. Je venais de me blesser et de perdre le rôle auquel je tenais plus que tout, et je n'avais droit qu'à des reproches. Monsieur Olivieri était un professeur plein de charisme, mais c'était aussi un affreux égoïste, je m'en rendais compte.

Aux urgences, j'ai attendu un bon moment avant d'aller passer la radio et je voyais bien qu'il s'impatientait, sans oser me planter là et partir. Aussi, à peine a-t-il vu Théo arriver qu'il s'est éclipsé en me disant :

– Tiens-moi au courant, hein ? Allez, bon courage.

J'ai rapidement raconté à Théo ce qui m'était arrivé tandis qu'il examinait avec précaution mon poignet enflé et douloureux.

– Oui, il y a une fracture, j'en ai bien peur, a-t-il déclaré. Tu as eu de la chance, ç'aurait pu être bien pire.

J'ai sursauté.

– De la chance ? Toi aussi tu trouves que j'ai eu de la chance ? Comment peux-tu dire ça, quand tu sais à quel point ce rôle était important pour moi ?

Il a soupiré avec une pointe d'agacement qui ne m'a pas échappé.

– Oui, je sais que tu y tenais, à ce rôle, mais c'est pas la fin du monde non plus. Tu auras d'autres occasions de danser sur scène !

– Peut-être pas la Sylphide ! Tu ne te rends pas compte, c'était mon rôle, le rôle de ma vie !

Théo a pris l'air franchement excédé.

– Tu crois pas que tu exagères un peu, là ? Je comprends que ce soit une sacrée déception pour toi, mais il faudrait que tu réalises que les autres aussi ont leurs problèmes. Mes examens commencent après-demain et…

L'infirmier qui venait me chercher pour la radio nous a interrompus.

– Tu peux partir, si tu veux, ai-je dit à Théo. Ça va aller.

– Non, c'est bon, je vais pas te laisser toute seule, j'attendrai que tu aies fini.

La radio a révélé une fracture pas trop compliquée, d'après le médecin. Je me suis retrouvée avec une attelle, à garder au moins six semaines. Le spectacle était dans un mois, il n'y avait plus d'espoir.

– Allons, allons, c'est pas dramatique, a bougonné le médecin. À votre âge, ça se répare vite !

J'ai retrouvé Théo qui m'attendait en rongeant son frein. Il a observé mon attelle d'un œil critique.

– T'as pas trop mal, ça va ?

– Il m'a donné des antidouleurs, ça va mieux.

Il a proposé de me raccompagner du ton de quelqu'un qui se force à accomplir son devoir, mais je lui ai répondu que j'allais prendre un taxi et il n'a pas insisté. Nous nous sommes assis sur un banc en attendant le taxi. Théo avait le visage fermé et dur. J'aurais donné n'importe quoi pour le voir sourire.

– Je voulais te dire… a-t-il commencé. Écoute, j'ai bien réfléchi depuis hier soir et je crois moi aussi qu'il vaut mieux qu'on arrête de se voir. Ça t'intéresse pas vraiment de sortir avec moi… En fait, tu sais pas ce que tu veux, un jour tu me vires, le lendemain tu me siffles… Moi, j'en ai marre de me faire balader comme ça. J'avais envie d'autre chose avec toi, mais bon…

Je regardais fixement mes genoux. Je n'ai rien répondu. Je ne méritais pas qu'il se soit intéressé à moi, je le savais. Le taxi est arrivé et nous nous sommes dit au revoir sans nous embrasser. Quand je suis arrivée à l'appartement, Margot était enfermée dans sa chambre. J'ai eu un instant la tentation de frapper à sa porte mais je me suis ravisée : elle n'était certainement pas d'humeur à me consoler. Alors je me suis réfugiée dans ma chambre avec l'impression que ma vie était devenue un champ de ténèbres.

Un peu plus tard, ma mère m'a appelée. Malgré ma résolution de ne pas lui parler de mon accident, je crois que j'aurais craqué, si elle ne m'avait pas devancée en disant :

– Tu comptes toujours passer le week-end à Lyon, ma chérie ? Parce que dans ce cas on va en profiter, papa et moi, pour aller voir Nadine et Jean-Marc à Montpellier... Depuis le temps qu'elle nous invite ! Tu ne vas pas t'ennuyer, tu es sûre ? Parce que si tu veux venir...

– Non, non, maman, je t'ai dit, j'en ai marre de bouger tous les week-ends, je vais rester tranquille, ne t'inquiète pas.

Je voulais retarder au maximum le moment où je serais obligée d'avouer mon accident et de me réinstaller dans cette maison où je ne me sentais plus en sécurité désormais. Ma mère a continué ses bavardages quelques minutes avant de raccrocher. Je me suis allongée dans le noir, sur le dos à cause de l'attelle. Je n'aimais pas cette position, j'avais l'impression d'être couchée dans un cercueil. Mon poignet me faisait à nouveau très mal, malgré les cachets. Ma tête était vide de pensées, je n'étais plus que cette sensation de douleur. J'ai fini par m'endormir mais mon bras me gênait et ne cessait de me réveiller. Vers six heures du matin, j'ai enfin sombré.

Les jours suivants ont été très durs. J'avais toujours été solitaire, mais là, j'étais totalement seule. Margot ne m'adressait pas la parole et en dehors d'elle je ne voyais personne. J'avais envoyé un texto à Monsieur Olivieri pour lui communiquer les conclusions du médecin et j'avais eu en retour un petit message d'encouragement. Matthieu m'avait également passé un coup de fil pour me dire qu'il était désolé pour moi et qu'il me regrettait, car il se sentait beaucoup moins à l'aise avec Audrey. Elle devait jubiler, elle, et de l'imaginer ainsi triomphante ne faisait qu'ajouter à ma rage et ma tristesse. Quant à Théo, il était hors de question à présent que je tente de lui parler.

Le vendredi soir, Margot a pris son sac pour le week-end et a disparu sans même me dire au revoir.

Cette fois, il n'y avait vraiment plus personne.

17

Depuis trois nuits je prenais des somnifères pour contrer la douleur et l'anxiété qui m'empêchaient de dormir, et je me suis réveillée tard le samedi matin, la tête lourde et embrumée. Il me fallait un thé et une douche. J'ai mis l'eau à chauffer sur le gaz avant d'aller dans la salle de bain. Je m'attardais sous le jet quand j'ai entendu siffler la bouilloire. Je suis sortie en vitesse de la douche et j'ai entrepris de passer mon peignoir mais avec mon attelle j'étais embarrassée. Je venais de me résoudre à n'y enfiler qu'un bras et à le fermer à moitié quand le sifflement s'est arrêté brusquement. Prise d'appréhension, j'ai ouvert lentement la porte. L'appartement était silencieux, on entendait seulement la musique venant de chez le voisin : du rock, comme d'habitude. J'ai fait deux pas vers la cuisine et une contraction violente m'a serré le ventre : appuyé au chambranle, Tahur me fixait de ses yeux brûlants. J'ai voulu hurler, mais l'angoisse me coupait le souffle et seul un gémissement est sorti de ma gorge. Instinctivement, j'ai ramené sur moi le pan flottant de mon peignoir.

– Surprise de me voir ici, n'est-ce pas ? a demandé Tahur avec un sourire effrayant.

Tu croyais peut-être que nous étions confinés à notre forêt ? Il est vrai que rares sont ceux d'entre nous qui s'en éloignent. Moi-même, je ne m'aventure pas souvent dans ces lieux inhospitaliers que vous appelez « villes » et qui constituent un si piètre habitat. Mais il suffit d'une allumette craquée pour que je me sente chez moi n'importe où… Et puisque tu sembles me fuir, je n'avais d'autre recours que de venir à toi. Je n'ai guère aimé la façon dont notre dernière entrevue s'est terminée et je crois que tu me dois des excuses et une réparation.

Tandis qu'il parlait, je cherchais désespérément un moyen de lui échapper. Il s'était interposé entre moi et la porte d'entrée, bloquant la principale issue. Il restait la porte-fenêtre donnant sur le balcon, mais l'appartement était au deuxième étage. Si mes ailes de Sylphide voulaient bien se déployer, je pouvais peut-être tenter ma chance et me jeter dans le vide ; il faudrait d'abord que je me débarrasse du peignoir, que je tourne la poignée de la porte-fenêtre, que j'enjambe la rambarde du balcon… Jamais le Salamandre, dont je connaissais la rapidité, ne m'en laisserait le temps.

J'ai pensé au supplice qu'il avait fait subir à Sadiel, ma pauvre mère Sylphide, et je me suis dit que j'allais moi aussi mourir brûlée vive. Lorsque les mains de Tahur m'ont saisi le visage, elles étaient étonnamment froides et sèches.

Il me maintenait la tête avec force et a approché sa bouche de la mienne. J'ai entrevu entre ses dents sa langue, horriblement rouge et pointue. J'ai tenté de le repousser mais avec mon seul bras valide mes efforts étaient dérisoires. Son souffle brûlant s'est collé au mien et j'ai senti dans ma bouche ce goût âcre qui m'avait fait perdre connaissance dans le salon de mes parents. J'ai lutté contre la sensation d'étourdissement qui me gagnait : j'avais besoin de toute ma lucidité si je voulais m'en sortir. Le Salamandre s'est légèrement écarté, relâchant la pression de ses mains.

– Tu dois m'appartenir, c'est ton destin et tu n'y échapperas pas. Tu vas racheter la trahison de ta mère et effacer la souillure de son union avec un humain, toi qui es le produit de cette souillure. Si tu m'obéis, je ferai de toi une Salamandre, mais si tu oses me défier, comme ta folle de mère, je te réduirai en cendres, comme elle l'a été !

Ses mains ont glissé vers mes épaules et m'ont arraché le peignoir. J'ai crié. C'était horrible d'être ainsi devant lui sans défense, sans même l'étoffe d'un vêtement pour me protéger.

– Qu'as-tu au bras ? a-t-il demandé en découvrant mon attelle.

– Je me suis cassé le poignet en tombant, ai-je murmuré.

Il a eu un rire sarcastique.

– Ah, tu fais vraiment une bien lamentable Sylphide et l'humain grossier qui t'a engendrée t'a transmis une lourde hérédité. Je me demande si tu es digne que je fasse de toi une Salamandre.

Si seulement j'avais eu à nouveau un vase de fleurs bien rempli pour le lui jeter à la figure ! Où trouver de l'eau pour le repousser ? Où ? Le Salamandre m'a saisie par la nuque et s'est penché sur moi. De l'eau ? J'ai rassemblé ma salive et, de toutes mes forces, je lui ai craché au visage. De surprise, il m'a lâchée en poussant un cri de colère. Je me suis ruée vers la porte-fenêtre. De la main gauche, il m'a fallu quelques secondes pour manœuvrer la poignée. Au moment où j'ouvrais le battant, j'ai senti le bras de Tahur m'encercler la taille et me tirer en arrière. Une haleine brûlante m'a soufflé sur la nuque.

– Petite vipère ! a-t-il grincé. Comment oses-tu ? Une sale vermine comme toi, me jeter ton venin au visage… Tu vas le regretter !

J'ai hurlé, mais sa main libre est venue se plaquer sur ma bouche, m'écrasant les lèvres avec violence. Sous l'effet de la peur, mon corps s'était couvert d'une sueur froide qui lui rendait la tâche de m'immobiliser plus difficile et plus désagréable, car ce contact humide lui répugnait. J'ai tenté de me débattre : c'était impossible. La douleur de mon poignet que j'avais dû cogner durant cette courte lutte m'irradiait tout le bras. Soudain, sous l'effet d'un courant d'air, la porte-fenêtre s'est ouverte en grand devant moi. À demi suffoquée comme je l'étais, et les yeux brouillés par mes larmes, j'ai d'abord cru à une hallucination en voyant des formes blanches flottant au-delà du balcon. Mais ce n'était pas une hallucination, car Tahur lui aussi les avait aperçues. Ils étaient trois, deux Sylphides et un Sylphe : j'ai reconnu Brisiel et Bagdael. Le Sylphe était un de ceux qui m'avaient enseigné à voler. C'est lui qui a crié :

– Lâche-la, Tahur ! Laisse-la vivre sa pauvre vie d'humaine ! À quoi bon la détruire, elle aussi ?

– Vous avez eu l'audace de me suivre, a grondé Tahur.

– Non, a répliqué Brisiel, nous avons ressenti la terrible angoisse de notre compagne et cela nous a guidés vers elle. Nous t'implorons de l'épargner, elle ne mérite pas de mourir.

– Elle le mérite amplement ! Elle n'est que le fruit pourri de la trahison de sa mère. Éloignez-vous, retournez à la forêt si vous ne voulez pas subir vous aussi ma colère !

Le Sylphe, qui s'était enhardi à avancer jusque dans l'encadrement de la porte-fenêtre, a brusquement volé en arrière, rejoignant ses compagnes. Ils se sont pris la main : un souffle d'air violent a fait claquer un des battants de la porte avec une telle force que la vitre a éclaté en morceaux. Tahur, surpris par cette déflagration, a légèrement desserré son étreinte. Dans un réflexe de survie, j'ai mordu jusqu'au sang la main qui me bâillonnait et me suis arrachée à son emprise. Sans me soucier des éclats de verre qui jonchaient le parquet, j'ai bondi sur le balcon tandis que dans mon dos mes ailes se déployaient.

– Vite, suis-nous, m'a crié Brisiel.

J'ai pris mon élan et me suis retrouvée perchée sur la rambarde, face au vide. Brisiel m'a tendu la main. J'ai eu une seconde d'hésitation. Je n'aurais pas dû. Au moment où je m'élançais, une douleur fulgurante m'a déchiré le dos. Le Salamandre avait saisi au vol mes ailes fragiles et, avec un cri de triomphe, il venait de me les arracher. J'ai basculé dans le vide.

C'était une chute terrible, bien plus terrible que ma chute au théâtre, et en toute logique j'aurais dû me tuer. Pourtant je ne suis pas morte. Quand on m'a ramassée j'étais inconsciente, mais ma blessure la plus grave était ma fracture du poignet, qui s'était rouverte ; en dehors de ça je ne souffrais que de sérieuses contusions et de grosses égratignures. On m'a expliqué que j'avais eu la chance de tomber dans une platebande de terre meuble et d'avoir vu ma chute freinée par des buissons. Moi je me souviens d'avoir senti pendant ma chute qu'on me retenait. Je suppose que Brisiel ne m'avait pas lâché la main, même si mon corps était bien trop lourd pour qu'elle ait pu vraiment m'empêcher de tomber. J'avais cessé de la voir car, une fois mes ailes arrachées, j'étais redevenue une simple humaine, mais j'avais senti sa présence.

Et voilà comment la Sylphide est morte en moi.

Mon histoire, je le sais, paraît incroyable, je ne pouvais pourtant pas la raconter autrement.

18

C'est en tout cas comme ça que je l'ai racontée aux policiers. J'avais parlé sans les regarder, les yeux fixés sur le drap. Quand j'ai relevé la tête, j'ai vu leur air ébahi et ça m'a presque donné envie de rire.

– Bon, a fini par dire l'homme, on a joué le jeu, on t'a pas interrompue, mais là, vraiment… ton histoire… Pourquoi tu te crois obligée d'inventer ça ?

La jeune femme lui a touché le bras et lui a jeté un regard qui voulait dire : « Non, de la douceur, pas de brutalité », comme si j'étais une grande malade.

– Vous pensez que je délire, c'est ça ? Que je suis tombée sur la tête et que ça m'a rendue complètement dingue ?

– Non, bien sûr que non, a dit la femme. D'ailleurs les médecins n'ont rien suggéré de tel. Tu as subi un choc, un choc très éprouvant… et je ne parle pas seulement de ta chute, mais aussi de ce qui s'est produit avant, alors il se peut que… que tu n'arrives pas à dire la vérité.

Cette policière était plus finaude que je n'aurais cru. Plus fine et plus sensible. Mais c'est l'homme qui semblait être le chef et c'est lui qui a continué, après avoir tiré un bloc-note de sa poche.

– Écoute, petite, on va reprendre les choses calmement depuis le début. D'abord, c'est vrai que tu as été adoptée par les Carrère quand tu étais bébé, mais ils ne t'ont pas trouvée dans la forêt, hein ? Tu leur as été confiée par les services sociaux du département à l'âge de quatre mois. Tu étais née à la maternité Bellevue, à Lyon, sous X… On est d'accord ?

J'ai hoché la tête.

– Bien, a repris le policier en compulsant son bloc-note, ensuite, voyons… tu es inscrite au Conservatoire de Lyon depuis septembre, section danse classique, ça OK. Tu vis en colocation avec ta cousine au 57 rue des Fleurs, OK, et tu sors depuis quelques semaines avec un étudiant en médecine qui s'appelle Théo Barini. Jusque-là ça colle à peu près… Pour le reste… faudrait vraiment que tu arrêtes avec ces salades, ces histoires de Sylphides, de Salamandres et compagnie, parce que c'est bien imaginé tout ça, c'est sûr… tu dois lire beaucoup de romans, je pense, mais ça nous aide pas beaucoup à comprendre ce qui s'est passé.

J'ai serré les lèvres. Je leur avais tout raconté, je n'avais pas envie d'en dire plus. Si mon histoire ne leur plaisait pas, tant pis !

La femme s'est penchée vers moi.

– Lucie, tu dois nous expliquer. On pense que quelqu'un t'a agressée, t'a fait du mal, d'une façon ou d'une autre. Tu dois nous aider à trouver qui c'est. Ton ami Théo vient d'être placé en garde à vue. Est-ce qu'il est pour quelque chose dans ton accident ?

– Bien sûr que non ! Théo n'a rien à voir avec ça, il m'a jamais fait de mal. C'est n'importe quoi, laissez-le tranquille !

– Calme-toi, puisque tu nous assures qu'il n'y est pour rien, on va donner l'ordre de le relâcher immédiatement.

Elle s'est tournée vers son collègue.

– N'est-ce pas Verneuil ? Vous allez les appeler, maintenant.

L'homme a eu l'air un peu agacé de s'entendre donner des ordres. Après une brève hésitation, il a sorti son portable en disant :

– D'accord, commissaire.

Là, j'admets que ça m'a étonnée : en fait, c'était elle, le chef. Au fond, c'était normal, elle avait l'air nettement plus maligne que lui.

– Voilà, c'est arrangé, a dit le policier après une rapide conversation. Ton Théo va pouvoir rentrer chez lui.

« Ton Théo », l'expression était stupide et fausse, mais je n'avais pas le courage de mettre les choses au point. La commissaire, elle, n'aurait pas utilisé ces mots. Je me suis tournée vers elle :

– Vous aussi, vous pensez que mon histoire c'est n'importe quoi ?

Elle m'a souri.

– Non, je ne pense pas que ce soit n'importe quoi. Seulement, ce serait mieux que tu nous dises ce qui se cache derrière.

– Je ne crois pas, ce sera beaucoup moins bien, en fait, beaucoup plus moche.

Elle m'a dit doucement :

– Tu veux bien essayer quand même ?

J'ai soupiré, et j'ai recommencé depuis le début :

– Quand j'ai démarré le Conservatoire en septembre, je n'allais pas très bien. J'étais heureuse de pouvoir me consacrer à la danse, pourtant je me sentais inquiète. J'étais consciente d'avoir des difficultés avec mon corps. Comme toutes les danseuses, je surveillais mon poids, mais cela devenait chez moi une obsession et je savais que j'étais à la limite de l'anorexie. Ma mère s'inquiétait de ma maigreur : dans mon dos, mes omoplates étaient devenues tellement saillantes qu'en me contorsionnant j'arrivais à les faire ressortir de façon quasi monstrueuse. C'est moins joli et poétique que les ailes de la

Sylphide, hein ? Mais je vous avais prévenus. Quand Théo a commencé à s'intéresser à moi, ma vie m'a soudain paru plus légère et plus riche. Pour la première fois, je suis tombée amoureuse. J'avais l'impression que grâce à lui j'allais peut-être surmonter mes problèmes… Et c'est là que j'ai appris qu'il était revenu.

Je me suis interrompue.

– « Qu'il était revenu » ? a demandé doucement la commissaire. Qui donc ?

J'ai dégluti avec difficulté avant de murmurer :

– Philippe.

Ce lourdaud de Verneuil s'est écrié :

– Mais quel Philippe ?

La commissaire a repris en se tournant vers moi :

– C'est l'ami de tes parents dont tu nous as parlé, n'est-ce pas ? Ton ancien prof de piano, le mari de… comment déjà… Marie-Claire ?

– Marie-France… Oui, c'est lui.

– Et ce retour, ça signifiait quoi, pour toi ?

– Que le cauchemar recommençait.

Je me suis tue. La commissaire m'a pris la main.

– Tu peux essayer de nous en parler ?

J'ai détourné mon visage et je l'ai enfoncé à demi dans l'oreiller.

– J'avais onze ans quand Philippe et Marie-France ont débarqué dans mon collège. Ils ont vite sympathisé avec mes parents, et Philippe se montrait toujours très gentil avec moi. C'est lui qui a suggéré que je devrais apprendre le piano pour développer mon sens musical. Mes parents ont trouvé l'idée excellente et j'étais moi aussi plutôt enthousiaste car j'aimais beaucoup la musique. J'allais chez lui pour les cours, ça se passait dans une petite pièce réservée à ses leçons. Dès le début, je me suis sentie mal à l'aise. Les premières semaines, il se contentait, sous prétexte de corriger ma position devant le clavier, de se coller derrière moi, de m'encercler de ses bras. J'étais déjà prise au piège. Peu à peu, ses gestes se sont faits plus insistants, plus dérangeants. Et puis il a commencé à m'obliger à faire des choses… que je ne voulais pas… à le toucher…

Ma voix s'est étranglée.

– Tu n'es pas obligée de tout raconter maintenant, a murmuré la policière. Peux-tu juste nous dire s'il y a eu viol ?

J'ai secoué la tête en signe de dénégation.

– Et tu n'en as parlé à personne ? Tu n'as pas osé le dire à tes parents ? a repris la femme.

– Non, j'avais trop honte. J'avais peur qu'ils ne m'aiment plus si je leur avouais ce qui se passait. Philippe me disait que c'était notre secret, que mes parents ne pouvaient pas comprendre, qu'ils seraient choqués. Ils me prenaient pour « un ange », comme m'appelait ma mère, et s'ils découvraient ma vraie nature, ils en seraient horrifiés et se détourneraient de moi. Ce qui me faisait le plus mal, c'est qu'il ajoutait que j'avais sûrement de qui tenir, que ma mère biologique… Il me terrifiait, et je finissais par le croire. Non seulement je n'osais rien dire, mais j'avais peur que Philippe lui-même ne leur révèle ce secret honteux.

– Le salopard ! s'est écrié Verneuil. T'inquiète pas, il va pas s'en tirer comme ça !

Il avait l'air vraiment furieux. J'ai pensé qu'il devait avoir une fille, lui aussi, et qu'il essayait d'être un bon père pour elle. J'ai repris :

– J'ai demandé à mes parents d'interrompre les cours, en leur disant que le piano ne me plaisait pas trop, mais Philippe les avait persuadés que j'étais douée et qu'il fallait que je dépasse les débuts de l'apprentissage, toujours un peu rébarbatifs. Mon père m'a incitée à persévérer, prenant mon angoisse pour un simple caprice. Et moi je n'ai pas osé insister, tellement j'avais peur.

– Et ça a duré combien de temps ? a demandé la commissaire.

– Deux années scolaires, quand j'étais en sixième et en cinquième. Et puis Marie-France a annoncé qu'elle avait trouvé un poste à l'étranger et qu'ils allaient partir.

– Ah oui, en Amérique du Sud, tu nous en as parlé… Tu crois que leur départ avait des raisons particulières ?

– Ils ont juste dit qu'ils avaient envie de voyager, et que Marie-France serait très bien payée, mais je pense qu'elle se doutait de quelque chose et qu'elle avait décidé de l'éloigner. Au bout de trois ans, quand ils sont revenus, elle a dû se dire qu'il n'y avait plus de danger : j'avais grandi, arrêté le piano, je m'étais installée à Lyon… Elle n'imaginait certainement pas que ça puisse recommencer. Moi non plus.

– Ça a dû être un choc pour toi de le revoir ? a dit la commissaire.

– Quand ma mère m'a annoncé qu'ils étaient de retour et qu'ils seraient là pour déjeuner, j'ai vraiment failli tout lui raconter, tellement j'étais bouleversée. Les souvenirs que j'avais essayé d'ensevelir au fond de moi remontaient à la surface. À partir de ce jour-là l'idée de revenir passer le week-end chez mes parents s'est mise à m'angoisser.

Verneuil m'a regardée avec son air de père inquiet.

– Il a essayé de t'agresser à nouveau, ce type ? Il t'a harcelée ?

– Oui, il n'a pas attendu longtemps… La première fois, c'était dans le parc, quand je faisais du feu.

– Ah ben, oui, je me rappelle de cette histoire de feu dans le jardin, m'a interrompue Verneuil. Alors Philippe, c'est le Salamandre de ton histoire, c'est ça ?

Il avait l'air d'une poule qui a trouvé un couteau, comme dit mon père. La commissaire lui a jeté un regard mi-agacé, mi-compatissant.

– Tu peux nous dire ce qu'il a fait ? m'a-t-elle demandé.

– Il m'a parlé. Il m'a dit que j'avais perdu ma grâce enfantine, mais que j'avais gagné en sensualité à présent que j'étais devenue femme, des choses de ce genre. Et puis il s'est mis à évoquer le passé, et j'avais l'impression que chaque mot me replongeait à nouveau dans le noir secret de mon enfance. Heureusement, ma mère est arrivée. Elle s'inquiète beaucoup pour moi, ma mère : même si elle ne sait rien, je crois qu'elle sent que quelque chose ne tourne pas rond. Je me sentais si mal en retournant à Lyon que j'ai commencé à moins bien danser. J'avais aussi de plus en plus de mal à manger. Si j'avais pu rendre mon corps complètement diaphane et impalpable, ça m'aurait arrangée. J'avais parfois des vertiges, des sortes d'éblouissements. C'est sans doute comme ça que je me suis fait renverser par un cycliste en sortant du Conservatoire. Heureusement que Théo était là pour m'emmener chez lui et me soigner. Quand on s'est quittés, on s'est embrassés. Un baiser sur la bouche, ça je pouvais, parce que jamais Philippe m'avait obligée à le faire. Pour le reste, non, je n'aurais pas pu.

Verneuil a baissé les yeux. La commissaire s'est plongée dans ses notes.

– À la suite de ce petit accident, tu as dû rester chez tes parents une semaine pour te reposer, et là le Salamandre, autrement dit Philippe, s'est à nouveau manifesté, c'est ça ?

– Je me sentais très mal à l'aise de devoir passer une semaine à la maison, avec lui dans les parages, mais j'étais vraiment fatiguée et je n'avais pas le choix. Dès le lendemain de mon arrivée, ma mère n'a rien trouvé de mieux que de les inviter à dîner, lui et Marie-France, et de les amener dans ma chambre. Si elle avait pu se douter de la terreur que j'ai éprouvée quand il s'est penché sur moi pour m'offrir ces maudits chocolats ! Son regard… je ne sais pas comment dire… c'était comme s'il m'enveloppait d'une toile d'araignée quand il me regardait. Ce soir-là, avec mes parents présents, il ne pouvait rien me faire. Il a attendu que je sois seule à la maison pour revenir. J'avais verrouillé la porte mais j'ignorais que mes parents lui avaient confié la clé de la maison pour qu'il vienne accorder le piano. J'ai essayé de m'enfuir à l'étage avec l'idée de me barricader dans la salle de bains mais il m'a immobilisée. Je me sentais très faible, au bord de l'évanouissement. Il m'a embrassée de force et c'était horrible, parce que, comme je vous ai dit, ça c'était le geste d'amour qui me liait à Théo…

Je me suis tue. Continuer devenait difficile. La commissaire m'a pressé doucement la main.

– Qu'est-ce qui s'est passé ensuite ? Il a abusé de toi ?

J'ai murmuré :

– Je ne sais plus… j'ai eu un malaise…

– Il faut nous le dire, a repris la femme.

J'ai rassemblé mon courage.

– Je crois que oui. Quand j'ai repris conscience, j'avais mal. J'étais dans mon lit. Je suppose qu'il m'y avait traînée. Quand je suis allée à la salle de bains, j'ai vu que… j'ai vu des traces de sang. Je me suis lavée. En rentrant, ma mère m'a trouvée si mal en point qu'elle a appelé le docteur. Je ne pouvais toujours rien lui dire, encore moins qu'avant. Je ne voulais qu'une chose : qu'elle ne me laisse plus seule à la maison.

– Mais bon sang, pourquoi ? Pourquoi n'as-tu rien dit à ce moment-là ? À ta mère, au docteur, à la police ? Il fallait porter plainte !

Verneuil n'avait pas pu s'empêcher de crier, malgré les regards réprobateurs de la commissaire. Il était gentil, mais il avait besoin qu'on lui explique tout. J'ai répliqué un peu sèchement :

– J'avais honte, vous ne comprenez pas ? Ce type avait réussi à m'enfermer avec lui dans son monde affreux et je me sentais sale, presque aussi mauvaise que lui. Je n'arrivais pas à sortir de mon cauchemar de petite fille.

Les larmes que j'avais jusque-là contrôlées me piquaient les yeux.

– Bien sûr, bien sûr, a dit la commissaire. C'est tout à fait compréhensible comme réaction. Ce salaud comptait là-dessus, d'ailleurs, sur le fait que tu resterais prisonnière de ton silence. Mais maintenant que tu as trouvé le courage de parler, il va falloir aller jusqu'au bout pour t'en sortir une bonne fois. Tu peux ?

J'ai hoché la tête et refoulé mes larmes. La fin était proche.

– Avec Théo, je n'y arrivais plus. Alors j'ai préféré rompre. Après ça, les catastrophes se sont enchaînées : je me suis cassé le poignet et j'ai perdu le rôle. Je n'ai même pas prévenu mes parents, je suis restée seule à Lyon. J'étais au fond du trou.

– Est-ce que… tu as voulu te tuer ? Est-ce que c'était une tentative de suicide ?

J'ai hésité un instant avant de répondre à la question de Verneuil.

– J'y ai pensé… à me tuer. Je l'aurais fait, peut-être. Mais pas en sautant du deuxième étage. Prendre le risque de finir estropiée, dans un fauteuil roulant, ça non, je l'aurais pas fait.

– Alors qu'est-ce qui s'est passé dans cet appartement avant que tu ne tombes du balcon ?

C'est Philippe qui t'a agressée ? Qui t'a poussée ? m'a demandé la femme d'un ton pressant. Tu peux nous raconter ?

– C'était samedi matin, je sortais de la douche. L'interphone a sonné. J'ai failli ne pas répondre mais au fond de moi j'espérais que c'était Théo, alors j'ai appuyé sur le bouton. Qui cela aurait-il pu être, à part lui ? Une voix masculine déformée par les grésillements de l'appareil a demandé : « Lucie ? » J'ai bêtement répondu : « C'est toi, Théo ? » « Oui », a dit la voix.

J'ai déclenché l'ouverture de la porte d'immeuble, déverrouillé ma porte d'entrée et je suis partie à la salle de bains m'arranger un peu. Je sentais renaître en moi une petite lueur d'espoir : Théo était revenu. Quand j'ai vu Philippe dans le couloir, j'ai pris comme un énorme coup dans l'estomac. Il a essayé à nouveau de m'embrasser, mais ça, je ne pouvais pas le supporter. Je me suis débattue, il m'a arraché mon peignoir. Il me maintenait serrée contre lui tout en me disant des choses affreuses. Malgré mon attelle, j'ai réussi à lui échapper et à ouvrir la porte-fenêtre. Dans la bousculade qui a suivi on a heurté la vitre et elle s'est brisée. J'étais folle de terreur : j'ai bondi sur le balcon et, sans réfléchir, j'ai enjambé la balustrade. Et voilà.

J'avais fini.

Il y a eu un silence, puis Verneuil a toussoté avant de dire :

– Tu aurais pu te tuer… ou finir dans un fauteuil roulant.

J'ai haussé les épaules.

– Il aurait mieux valu que je me tue.

– Ne dis pas ça, a protesté la commissaire. Pense à tes parents. Depuis trois jours ils se rongent les sangs dans les couloirs de l'hôpital. Et pense à la danse : parce que tu vas danser à nouveau. Tu es si jeune, tu as toute une vie devant toi pour te reconstruire. Et puis, il va falloir que tu te battes à présent pour que ce sale type soit puni et mis hors d'état de nuire.

– Je crois que je n'aurai pas la force.

La femme m'a serré la main si fort qu'elle m'a presque fait mal.

– Tu dois le faire ! Pour toi et pour toutes les autres gamines qui pourraient tomber entre ses pattes. On le sait, les détraqués de son espèce s'en prennent rarement à une seule victime. Parce que tu es la victime, Lucie, ça c'est ce que tu dois vraiment comprendre. Tu n'as à avoir honte de rien, c'est lui le pervers criminel.

Elle s'est tournée vers son collègue.

– Verneuil, allez tout de suite demander qu'on l'appréhende à son domicile et qu'on le place en garde à vue.

– Je vous en prie, ai-je crié, mes parents…

– Tes parents, je vais aller leur parler, ils doivent savoir. Et j'espère que tu voudras bien qu'ils viennent te voir ensuite… D'accord ? À présent, tu dois te reposer, cela fait des heures que tu parles, tu dois être épuisée.

Oui, je l'étais. J'ai fermé les yeux et je n'ai même pas vu sortir les deux policiers.

Épilogue

Près de sept mois ont passé depuis que j'ai raconté mon histoire à la commissaire Gérard et à l'inspecteur Verneuil. La police n'a pas mis la main tout de suite sur mon agresseur. Paniqué, me croyant morte, il avait pris la fuite, plantant sans explication femme et enfants. On l'a retrouvé trois semaines plus tard en Italie. Il est depuis incarcéré et son procès devrait avoir lieu l'année prochaine. L'enquête a permis d'identifier d'autres victimes dont deux dans le Sud, là où vivaient Philippe et Marie-France avant de s'installer près de chez nous, et une dans mon ancien collège. D'après le juge, il est possible que de nouvelles plaintes soient déposées au fur et à mesure des investigations. Savoir que je ne serai pas seule lorsqu'il faudra affronter notre persécuteur au tribunal me donne du courage.

Mes parents seront là aussi pour me soutenir. Il a mieux valu pour Philippe que ce soit la police qui le retrouve, parce que si ç'avait été mon père, je crois qu'il l'aurait mis en pièces. Il se sent très coupable de n'avoir rien vu et d'avoir « laissé entrer le loup dans la bergerie », comme il dit. Lui et ma mère redoublent de tendresse et de surprotection, au point que j'étouffe un peu.

Heureusement, j'ai repris ma vie à Lyon. Au vu des circonstances, j'ai retrouvé sans problème ma place au Conservatoire après l'été et Monsieur Olivieri, sans doute gêné de s'être montré si peu compatissant, est plein d'une surprenante sollicitude envers moi. *La Sylphide* a été un beau succès, mais je n'ai pas pu me résoudre à aller y assister ; d'après Salima et Matthieu, Audrey ne s'en est pas trop mal tirée, bien qu'elle se soit montrée moins convaincante que moi dans le rôle. Je ne sais pas encore quel ballet le Conservatoire va monter cette année, mais j'espère bien avoir un rôle de soliste. J'ai beaucoup travaillé pour retrouver mon niveau d'avant l'accident, et j'ai repris du poids et des forces. En ce moment, j'essaie d'améliorer ma batterie et mes tours. Comme le dit Monsieur Olivieri, je dois consolider ma technique pour mettre en valeur mes qualités artistiques. Je ne crois plus que je serai un jour une grande étoile, mais je sais que je peux être une bonne danseuse et intégrer une troupe. D'après Matthieu, j'ai mes chances à l'Opéra de Lyon.

Ce serait bien, parce que je ne voudrais pas trop m'éloigner d'ici, à cause de Théo. Il suffit que je regarde les deux plis que j'adore se creuser dans ses joues pour avoir envie de lui sourire en retour. Il a réussi à me redonner confiance en moi, à me faire oublier mes peurs, à me réconcilier avec mon corps. Aujourd'hui, je ne rêve plus d'être une Sylphide. C'est sur l'amour que je compte pour me donner des ailes.

Derniers titres parus aux éditions Thierry Magnier

Collection « Romans »

La Tête dans les choux
de Gaia Guasti
Ah le retour à la terre ! Le charme de la campagne, les délices des bains dans la rivière glacée, voilà ce que les parents de Margotte ont décidé de vivre en s'installant dans un hameau de dix-sept habitants, en Ardèche. Pourtant, très vite, Margot va comprendre que même dans un village perdu, il reste des mystères à élucider.

Des étoiles au plafond
de Johanna Thydell traduit du suédois par Agneta Ségol
Tout allait bien pour Jenna, quand sa mère est tombée malade. Et franchement, gérer le quotidien, les courses, les repas, le ménage, ça n'a rien de drôle. Heureusement il y a Susanna, sa meilleure amie, celle avec qui elle peut fantasmer sur Sakki et partager sa haine pour sa voisine Pénélope, pourtant adulée par tous au collège.

Meilleur jeune espoir féminin
de Marie-Sophie Vermot
Fille de l'employée de maison, Damienne passe ses vacances dans la grande demeure des patrons, au bord de la mer. Exaspérée par sa situation, elle se transforme en Isild, fille de bonne famille, pour les copains rencontrés sur la plage. Difficile de mentir alors que tout le monde se connaît dans cette petite station balnéaire, même quand on a un vrai talent de comédienne...

De l'autre côté de l'île
de Allegra Goodman, traduit de l'anglais (Etats-Unis) par Jean Esch
Sur l'île 365, tout est très bien organisé, chacun obéit strictement aux règles définies par la Mère Nourricière qui a su dompter la nature et le climat, mettant à l'abri la Communauté. Oui mais à l'abri de quoi ? Et qu'arrive-t-il si on refuse d'être comme tout le monde, si l'on est trop curieux ? Honor, après avoir tout accepté, va poser trop de questions...

L'Ombre d'un père
de Florence Cadier
Gary vit seul avec Nicole, sa mère, à Wellington en Nouvelle-Zélande et ne sait rien de son père. Obstinément et malgré les demandes répétées et insistantes de son fils, Nicole ne veut rien dire. Gary promène sa mélancolie et sa sourde révolte, obsédé par ce qu'il pense être un secret honteux. Aussi lorsqu'un soir, dans un bar, une jeune

Française l'aborde en lui disant qu'elle sait des choses sur son père, Gary est bouleversé. Mais rien ne se passe comme prévu.

La Tête au ciel

de Régine Detambel

À l'âge de cinq ans, Lola a dû suivre sa mère au Canada, et les liens se sont peu à peu distendus avec Philippe, son père, resté en France. Dix ans plus tard, Lola parle avec l'accent québécois, a quasiment oublié le vieux continent. Mais l'été qui vient, elle décide de le consacrer aux retrouvailles avec celui qui a choisi de vivre de manière spartiate auprès des pigeons qu'il élève, loin de tout. L'amour aidant, père et fille vont retisser une complicité faite de respect et de tendresse prudente.

Là où je vais

Fred Paronuzzi

Il suffit parfois de 3300 secondes pour que tout change. Léa, Ilyes, Clément et Océane, élèves dans le même collège, vont en faire l'expérience. Ils se croisent, se connaissent à peine, mais ce jour-là, chacun va prendre une décision qui changera le cours de sa vie (histoire d'amour, choix d'orientation...). Quatre voix d'adolescents à la croisée des chemins.

Qui va loin revient près

Christophe Léon

Kinsangani, République démocratique du Congo, 2004. Kimia, neuf ans, est confiée à un passeur pour rejoindre Paris où elle doit être « adoptée » par un couple de bourgeois. Mais la petite fille va passer huit ans recluse dans un très bel appartement où elle sera bonne à tout faire. À dix-sept ans, Kimia s'enfuit, elle se retrouve à la rue sans argent ni papiers dans un Paris qu'elle découvre...

Pieds nus dans la nuit

de Marjolaine Jarry

Louise, Tom, Claire et Baptiste sont inséparables. Ensemble, ils croient pouvoir tout affronter. Jusqu'au jour où Claire, happée par son mal-être, est hospitalisée. Louise se bat, pour que ses amis restent soudés, pour que rien ne change. Il lui faudra beaucoup de courage et pas mal d'imagination pour faire la paix avec ses souvenirs et laisser une chance à demain.

La Vérité crue

de Patrice Favaro

Jésus passe son premier été seul loin de ses parents, dans la ferme de sa grand-mère. Un soir, il s'enfuit avec Angélina, une voisine de son âge un peu perdue et solitaire. Dans leur échappée, ils vont croiser Élie qui les prendra sous son aile et les conduira dans la montagne jusqu'à un refuge qu'il connaît bien. C'est là que vont se révéler les blessures cachées des uns et des autres.

Le cœur n'est pas un genou que l'on peut plier
de Sabine Panet et Pauline Penot
Ernestine n'a pas la langue dans sa poche, elle se voit déjà comédienne sur les planches d'un grand théâtre parisien ! Awa, sa grande sœur, prépare son bac français. L'avenir est devant elle, mais son père a décidé de la marier cet été, au Sénégal. Les femmes de la famille vont unir leurs forces pour soutenir la jeune fille.

Les Autres Shepard
de Adele Griffin traduit de l'anglais (États-Unis) par Valérie Dayre
Holland et Geneva, les sœurs Shepard, sont très proches l'une de l'autre. Leurs parents, plus très jeunes, sont assez distants. Annie, une mystérieuse artiste-peintre, va faire irruption dans la vie aseptisée des deux sœurs et leur ouvrir un monde plein de couleurs et de vie.

La Véritable Histoire d'Harrison Travis, hors-la-loi, racontée par lui-même
de Pascale Maret
À seize ans, Harrison abandonne l'école et choisit la liberté, campant dans la forêt, squattant les villas inoccupées, piquant de quoi se nourrir ou se distraire. Son rêve : s'envoler aux commandes d'un des avions qui font la navette entre l'archipel et le continent.

Réveille-Martin
de Youri De Paz
Martin vit vraiment dans une famille loufoque. Son père ne comprend rien à rien, sa sœur le suit partout du matin au soir, et leur mère est partie à l'autre bout du monde. Martin soigne tous les animaux qui croisent son chemin. Comment faire appel à l'imaginaire pour échapper à une réalité moins drôle...

La Faute de Rose
de Florence Cadier
Quand Rose a rencontré Sean, elle était sûre que ses parents béniraient leur mariage. Mais il n'en est pas question, Sean est un étranger, orphelin. Alors les deux amoureux s'enfuient. Rattrapée par la police, Rose est enfermée dans un couvent. Toutes les jeunes femmes qui ont fauté sont condamnées à y finir leurs jours.

Encore heureux qu'il ait fait beau
de Florence Thinard
Personne ne comprend pourquoi ni comment la bibliothèque Jacques-Prévert se retrouve à voguer sur l'océan. À bord, le directeur, la bibliothécaire, un prof de technologie, la sixième F au complet, et Saïd l'infernal. Une fois l'incroyable admis, il faut s'organiser.

La randonnée
de Christophe Léon
Quoi de mieux qu'une randonnée pour réconcilier cinq adolescents

en rupture avec la vie. Jeff, l'éducateur, en est persuadé. Le projet est alléchant, Jennifer, Lisa, Mariam, Damien et Lukas quasiment enthousiastes. Mais Jeff disparaît, et tout devient inquiétant...

La Petite Terreur de Glimmerdal

de Maria Parr traduit du néo-norvégien par Jean-Baptiste Coursaud

Tonje, dix ans, est la seule enfant du village. Son meilleur copain, Gunnvald, a soixante-douze ans. Ensemble ils fabriquent des bobsleighs pour dévaler la montagne à tout blinde en hurlant leur joie et leur trouille. Un jour Gunnvald reçoit une lettre qui le bouleverse, aurait-il un secret pour sa jeune amie ?

Mon père est américain

de Fred Paronuzzi

Fruit d'un amour de passage, Léo ne sait rien ou presque de son père. Tout au plus un prénom et qu'il est américain. Claire, sa mère, ne lui a jamais avoué qu'elle entretient en secret des liens réguliers avec lui. Difficile de dire à son fils que son père est en prison. Mais Léo découvre la vérité.

Revolver

de Marcus Sedgwick traduit de l'anglais (Grande-Bretagne) par Valérie Dayre

1910. Sig est seul dans une cabane au nord du cercle arctique. Son père est tombé dans un lac gelé, sa sœur et sa belle-mère parties chercher de l'aide. Un étranger survient, menaçant, réclamant le magot d'or volé...

Moi, mon frère et le nouveau

de Martha Heesen traduit du néerlandais par Emmanuèle Sandron

Les parents de Jan et Toon sont famille d'accueil. Les deux enfants biologiques vivent ces intrusions chacun à leur manière. Chaque arrivée dans la famille est l'occasion d'anecdotes tendres ou cruelles, drôles ou dramatiques.

Les aigles ne tuent pas les mouches

de Luc Baba

Avant ce matin-là, Zoé allait son chemin tranquille. « Tu as reçu quoi pour tes quatorze ans ? – J'ai appris que j'étais laide. » Elle le sait grâce à Walter, son premier amour impossible. Elle décide alors de créer un club de moches, et trouve des volontaires !

Mayo ketchup ou lait de soja

de Gaia Guasti

« Beurk, elle pue ! » Voilà le sort d'Élianor réglé en un instant dans la cour de récréation. Mais elle s'en fiche, Élianor, elle cultive sa différence. La preuve, elle a volontairement banni sucre, viande et lait de vache de son alimentation. Pour gagner son amitié, Noah est prêt à rallier sa cause.

Le Cantique des elfes
de Myriam Chirousse
Dans *Ultramonde*, Lady Kerridwen rencontre Lupus Negrus, un personnage très séduisant. Jessica, dans la réalité, ne vit plus que pour les mails enflammés de Lupus Negrus et leurs rendez-vous au château d'Osgarth. Jeu en réseau, amour virtuel ou réel, lequel est le plus exaltant ?

Quand un amant passe
de Mats Wahl traduit du suédois par Agneta Ségol et Marianne Ségol-Samoy
Tom ne se sent plus compris par personne. Le voisin, Karl Berger, un vieil Allemand au passé obscur, lui demande de l'aider à entretenir son jardin. Il semble bien connaître sa famille et, pourtant, sa mère ne veut pas en entendre parler. Tom est animé de sentiments violents et contradictoires qui vont bouleverser sa vie, celle de sa famille.

Camille aime pas danser
de Marie-Sophie Vermot
Anastasia dévore la vie à pleines dents. Camille est plus jeune, plus réservée. Elles sont sœurs et vivent avec leur mère dans une maison perdue au bout d'une presqu'île. Après une aventure d'un soir, Anastasia n'arrive pas à s'avouer qu'elle est enceinte.

Vert jade rouge sang
de Pascale Maret
Ko Myo va retrouver son frère Naing Lin, parti chercher fortune dans les mines de jade, loin de Rangoon. Après un long trajet, Ko Myo le retrouve en piteux état. Le travail dans la mine est épouvantable, les conditions de vie terrifiantes.

Comme chiens et chats
Collectif
Neuf nouvelles sur le thème des relations fraternelles avec des sensibilités, des registres différents, des histoires qui puisent souvent dans la biographie revisitée des auteurs.

Marre de l'amour
de Maud Lethielleux
Des parents qui s'aiment, se tiennent la main, roucoulent les yeux dans les yeux, tous les enfants en rêvent ! Pas si sûr, Pierrot lui, n'y voit que des inconvénients. Avec ses copains, il va tenter de faire « désaimer » ses parents.

Ces années blanches
de Julie-Jacob Cœur
Marie, sa vie, elle l'aimait bien. Mais à la maison rien ne va. Rose, la faute à Rose, sa sœur aînée, qui n'en finit pas de s'égarer, de plonger dans les embrouilles. Après des années de compassion, Marie en a assez, elle veut vivre sa vie d'ado.

L'Interrogatoire de Gabriel James
de Charlie Price traduit de l'anglais (États-Unis) par Valérie Dayre
Témoin de deux meurtres, Gabriel James doit s'expliquer devant la police. Oui, il était amoureux d'une fille et n'acceptait pas d'être éconduit, mais pourquoi cela a-t-il déclenché une série de drames, ébranlant toute la petite ville ? Les policiers veulent tout savoir, tout comprendre.

Tifi en Haïti
de Valérie Lacroix
Après le tremblement de terre qui a ravagé son île, Starling a trouvé un semblant de paix avec Monsieur Neptune. Aussi elle n'a pas envie de recevoir les lettres de Lucie qui lui écrit de France.

Ultraviolet
de Nancy Huston
Dans son journal, Lucy écrit tout ce qu'elle ne peut pas dire à haute voix. À treize ans, les idées se bousculent dans sa tête et les sensations dans son corps. L'arrivée du docteur Beauchemin à la maison lui offre un interlocuteur troublant.

Comment je suis devenue flic
de Anne et Marine Rambach
Alice a deux choses à dire à sa mère pour fêter l'anniversaire de ses quinze ans. Un : le Muffin Palace fait les meilleurs muffins du monde. Deux : elle veut devenir flic.

Un cargo pour Berlin
de Fred Paronuzzi
Elle s'appelle Nour – Lumière, en arabe – et elle porte bien son nom. Quand elle succombe au charme envoûtant d'Idriss, elle ne se doute pas, alors, qu'aimer peut être une faute... Il lui faudra fuir, pourtant, devenir Youness.

Tout le monde est une idole
de Marie-Sophie Vermot
Matthias Vernier ne sera plus jamais le même. Mademoiselle Prince est morte, avec elle les 28 autres élèves de la seconde 4. Il est le seul rescapé. Oublier, refuser le chagrin, Matthias part au sud de l'Italie, chez ses grands-parents.

Coline, 17 ans, dans la rue
de Valérie Lacroix
Coline en a marre de tout. Alors elle se casse, disparaît, s'enfuit. Elle apprivoise les rues de Lyon avec son chien qui la protège, et refuse tout lien avec sa vie d'avant. Elle sait bien que cela ne durera pas mais cette « vacance » sociale lui est nécessaire.

Jean II le Bon
de Fabrice Vigne
Quatre ans après l'écriture de Jean Ier le Posthume, Arthur, Stan et Elsa feraient bien un autre roman plus conséquent mais dans la même veine, celui de Jean II le Bon. Les voilà partis pour de longues conversations où chacun défend âprement sa vision de la littérature.

Granpa'
de Christophe Léon
Depuis ses sept ans, John vit avec son grand-père et partage ses convictions. Quand il s'agit de lutter contre l'Arizona Oil Company pour préserver les terres de Granpa', John ne réfléchit pas.

Prisonniers du chaos
de Roland Godel
Maxime passe ses premières vacances sans sa famille dans une île du Sud. Parti en excursion avec Maria et Ange, les enfants de sa logeuse, il se retrouve bloqué dans la montagne par une incroyable tempête. Au retour, rien ne sera plus pareil.

L'Odyssée d'Alizée
de Gisèle Pineau
Adolescente noire dans une famille blanche, Alizée a été adoptée. À treize ans, elle aimerait en savoir plus sur sa famille biologique, retourner en Haïti.

Zone tribale
de Pascale Maret
À la maison rien n'est drôle pour Souf Bédié. Dehors, le charisme de Chaka fait merveille. Défenseur d'une Nation noire, il dirige une société secrète, la Première Tribu. Dans les caves de la cité Verlaine, il prépare la révolution. Souf est sous le charme. Mais est-il vraiment prêt à commettre l'irréparable ?

J'ai quinze ans et je ne l'ai jamais fait
de Maud Lethielleux
Capucine et Martin sont dans la même classe. Elle, belle, arrogante et intelligente, obsédée à l'idée de faire l'amour pour la première fois et lui, musicien perdu dans ses rêves, s'ignorent ; mais plus pour longtemps.

Mahout
de Patrice Favaro
Un camp d'éléphants dans l'Inde d'aujourd'hui. Animaux et mahouts, leurs dresseurs, y partagent une même vie misérable. Quand Trishur, le grand éléphant mâle, fait voler en éclats ses chaînes, Sid, jeune apprenti, devine qu'il n'aura pas d'autre occasion de s'enfuir.

L'Étranger sur le sable
de Anna Mackenzie traduit de l'anglais (Nouvelle-Zélande) par Élodie Leplat
Ness vit sur une île où tout contact avec l'extérieur est interdit. Mais un jour, au bord de la mer, elle découvre un étranger gisant sur le sable. Elle décide de le cacher. C'est pour elle l'espoir d'une autre vie.

Le Survivant
de Jeffry W. Johnston traduit de l'anglais (États-Unis) par Jean Esch
Chase est l'unique survivant de l'accident de voiture qui a tué ses meilleurs copains. Aucun souvenir du drame, seuls des flashs surgissent. Pour comprendre, il devra plonger loin dans son inconscient.

Le Grand Joseph
de Kochka
Joumana est née à Beyrouth, sa mère a épousé un Français. La vie pourrait couler ainsi, douce et joyeuse, mais la guerre civile éclate au Liban. Joumana et sa mère se réfugient à Paris.

Petite Audrey
de Ruth White traduit de l'anglais (États-Unis) par Valérie Dayre
À la fin des années 1940, la vie n'est pas facile dans la cité minière de Jewell Valley : l'argent manque, la faim est omniprésente. Audrey doit faire face en tant qu'aînée. Mais la vie réserve des surprises...

Le Fils de Belle Prater
de Ruth White traduit de l'anglais (États-Unis) par Geneviève Thomas
Après la mystérieuse disparition de sa mère, Woodrow part vivre chez ses grands-parents, près de sa cousine Gypsy. Ensemble, ils vont découvrir des secrets de famille bien gardés.

Silence, on irradie
de Christophe Léon
Un village à l'abri d'une centrale nucléaire. Un jour, une explosion pétrifie tout. Trois enfants survivent et se terrent pour de mauvaises raisons. Ils restent au village, seuls.

Héro, mon amour
de Anna Onichimowska traduit du polonais par Margot Carlier et Lydia Waleryszak
En apparence, une famille aisée très heureuse. Mais tous cachent des secrets pour préserver une fausse sérénité. Chacun a besoin de sa « petite drogue » pour mieux fonctionner, être à la hauteur.

Mauvais plan
de Dana Reinhardt traduit de l'anglais (États-Unis) par Dominique Piat
Enna, Anna et Mariah ont très envie de passer une soirée chez un copain plus âgé mais elles savent que leurs parents refuseront. Alors elles inventent un mensonge énorme dont les conséquences les dépasseront complètement.

Contredanse
de Chiara Simonetti traduit de l'italien par Marguerite Pozzoli
Mariolina ne danse pas pour se distraire mais pour devenir une danseuse étoile. « Madame », leur professeur, est intransigeante et n'hésite pas à humilier ses élèves. Une dernière provocation de sa part et Mariolina ne se maîtrise plus.

Le Monde de Lenny
de Kate Banks traduit de l'anglais (États-Unis) par Valérie Dayre
Lenny dit toujours ce qui lui passe par la tête, exaspérant ses professeurs. Sa mère pose pour des publicités et doit constamment porter des gants. Est-ce parce qu'il ne connaît pas la douceur de ses mains que Lenny doit aller voir Muriel ?

Pirate des Garages-Vides Rapport
de Corinne Lovera Vitali
Le rapport, c'est Jim qui l'écrit, pour le juge. Sa mère, Jean-François, l'instit, l'assistante sociale, le juge, tous sont d'accord pour qu'il change d'air. Et lui aussi en fait. Alors il est parti à la campagne, la vraie, dans une ferme vraie aussi.

Le monde attend derrière la porte
de Pascale Maret
Sarah vit depuis toujours selon les règles de la communauté des Rigoristes. Un jour elle étouffe et remet tout en cause. Ses parents risquent la relégation, mais elle ne se résigne à rien, ne veut plus renoncer.

Les Tortues de Bolilanga
de Frank Prévot
Sur l'île indonésienne où vit Alam, la légende d'Ibou Min' lui permet de mieux accepter la mort de son petit frère. Sur l'île de Bolilanga, la mère des anges recueille les enfants morts transformés en tortues. Aussi, Alam décide de protéger ce sanctuaire de la voracité des promoteurs immobiliers.

Les Égarements de Lily
de Véronique M. Le Normand
En une seule nuit, Lily se retrouve défigurée pour plusieurs jours. Cachée chez sa tante, loin des regards, le temps s'arrête. Une semaine pleine de questions. Pourquoi elle et pourquoi maintenant ?

Le Chevalier au loup
de Viviane Moore
1198. Padrig guide les pèlerins de l'abbaye de Beauport en Bretagne jusqu'à Saint-Jacques-de-Compostelle. Son fils Armel l'accompagne pour la première fois et devra vite prendre la relève et élucider le meurtre de son père.

CET OUVRAGE A ÉTÉ ACHEVÉ D'IMPRIMER
SUR ROTO-PAGE
LES AILES DÉPLOYÉES POUR LE COMPTE
DES ÉDITIONS THIERRY MAGNIER
PAR L'IMPRIMERIE FLOCH À MAYENNE
EN JUILLET 2013
DÉPÔT LÉGAL : AOÛT 2013
N° D'IMPRESSION : 85180

Imprimé en France